Y

(c.

Ye

/6200

HYGIE
MILITAIRE

OU

L'ART DE GUÉRIR

AUX ARMÉES,

POÈME EN QUATRE CHANTS;

SUIVI

DES LOISIRS D'UN MILITAIRE

DANS LA CAMPAGNE DE 1809.

A GRENOBLE,

DE L'IMPRIMERIE DE J. ALLIER, IMPRIMEUR DU ROI.

Nota. Les exemplaires prescrits par la loi ont été déposés.

HYGIE MILITAIRE

OU

L'ART DE GUÉRIR

AUX ARMÉES,

POÈME EN QUATRE CHANTS;

SUIVI

DES LOISIRS D'UN MILITAIRE

DANS LA CAMPAGNE DE 1809;

Par J. Louis BRAD , *Chirurgien aide - major au 4.ᵉ Régiment d'artillerie à pied , Membre de plusieurs Sociétés savantes et littéraires.*

Miseris succurrere disco. *Virg.*

VEND { A GRENOBLE , chez l'Auteur.
{ A PARIS , Chez NICOLLE , Libraire , rue de Seine , N.º 12.

1815.

Dédié à mes Chefs, comme un témoignage de mon profond respect ; et à mes Camarades et Collaborateurs, les Médecins, Chirurgiens et Pharmaciens des Armées, comme un gage d'attachement et d'amitié.

PRÉFACE.

Le sujet que j'ai mis en vers ne paraît pas très-poétique au premier abord, j'en conviens, quoique nous ayons quelques poèmes dans ce genre, entr'autres la Syphillis, les Lettres à Forlis, etc.

La médecine, objet de plaisanterie chez nous autres Français; la chirurgie, objet de dégoût au jugement de tant de gens qui se prétendent sensibles; ces deux choses là paraissent ne pas promettre de grands succès à l'auteur qui vient en parler en vers; et peut-être quelques plaisans, quelques personnes à vapeurs, à la vue de mon titre, se sont-ils déjà figurés que j'avais habillé des couleurs de la poésie, les ordonnances médicales et les opérations de chirurgie; mais je suis persuadé que pour peu qu'on envisage mon sujet sous ses vrais rapports, je ne dis pas seulement ceux de l'utilité, mais ceux qui le lient intimement avec les combats, la gloire des guerriers, la défense de la patrie; pour peu qu'on réfléchisse à l'intérêt qu'inspire un guerrier blessé pour la cause sacrée du Prince et du trône, on conviendra, je pense, que la poésie a pu s'emparer d'un tel sujet, inté-

ressant sous tant de rapports, pour les Français
sur-tout qui ont porté si haut la gloire des armes,
qui ont payé si cher des succès inouis dans notre
histoire, et qui comptent tant de héros qu'on peut
justement placer à côté de ceux d'Homère, de
Virgile et du Tasse; d'ailleurs je n'ai mis dans
mon poème rien de ces choses médicales et chi-
rurgicales, rien de ces mots techniques, dont le
pédantisme et la couleur doctorale font tant rire
dans Molière. Notre nation ne ressemble pas à
beaucoup d'autres : nos oreilles sont si délicates,
qu'un mot seul peut faire chez nous la défaveur
des choses les plus sérieuses, et je n'ignore pas
ce qu'il en coûta à Voltaire pour son : *Es-tu con-
tent ? Couci.*

Mais quelle espèce de poésie, dira-t-on, em-
ployez-vous à chanter l'art de guérir aux armées?
la poésie descriptive ? Pas tout-à-fait cette seule
poésie. Il doit entrer dans mon sujet quelque chose
d'épique, de dramatique, de philosophique, de
didactique, puisqu'il n'y a rien de si dramatique
que la scène des combats, rien de si épique que
la gloire, rien de si philosophique que le dévoûment, rien de si didactique que la science; de tout
cela j'ai composé un poème, ou si l'on veut, une

masse de vers, dont je laisse aux savans à déter-
miner le genre. Mon but a été de célébrer une
science qui a rendu tant de services à nos héros,
de rendre hommage à une classe d'hommes qui se
dévouent généreusement à des fonctions aussi pénibles et aussi dangereuses qu'importantes, et
souvent très-peu appréciées : je ne crains point
qu'on m'arrête ici pour me dire, *vous êtes orfèvre,
M. Josse ;* car, quoiqu'appartenant à l'art que je
chante, j'y compte trop peu par mon rang et mes
talens, pour qu'on s'imagine que j'aie eu l'envie
de me louer moi-même.

Si dans toutes nos histoires de guerres, c'est-à-
dire dans celles de tous les peuples ; si dans tous
les chants de victoire on parle si peu d'hôpitaux,
de blessés, de fièvres, etc. ; si à peine y prononce-
t-on le nom des hommes appelés aux nobles fonctions de remédier aux maux infinis qu'elles traînent
après elles, c'est que les conquérans qui comman-
dent ces guerres, les gouvernemens qui font écrire
ces histoires et ces chants, n'aimeraient pas qu'on
les offrît sous l'aspect repoussant des douleurs ;
c'est que ce qu'on appelle la gloire ne veut être re-
présenté qu'environné de lauriers ; c'est qu'il ne
faut montrer que les roses dans le chemin qui

mène aux combats ; trop peu s'y hasarderaient, si on leur y faisait voir autre chose, et là-dessus je conviens qu'on a raison.

Mais comme ministre d'Esculape, parlant au nom de l'humanité, j'ai pu, ainsi que Bossuet et Massillon parlant au nom de la religion, gémir sur les malheurs de la guerre, en retracer les ravages et consacrer des chants à ceux qui tombent ses victimes. J'ai dû laisser un peu les guerriers heureux, *les invulnérables*, pour consoler au moins les malheureuses victimes de ces jeux sanglans. Eh ! dans quels tems leur nombre a-t-il été plus grand et plus intéressant ? Les plaines de Memphis, les champs de la Germanie, les rives du Tage, les déserts de Moscou parlent assez haut sur cet objet.

Je demande pardon à mes lecteurs pour la longueur de quelques épisodes, et principalement pour celui de Lavoisier, qui paraîtra peut-être un hors d'œuvre ; j'ai été entraîné par l'intérêt du sujet et par le plaisir qu'on éprouve toujours à parler d'illustres malheureux.

C'est la deuxième fois que j'entre dans la carrière poétique (*a*), et j'ai tâché d'y suivre les conseils que me donna un critique impartial et sévère (*b*), et que je remercie ici. Je désire que le monument que j'ai voulu élever à *l'Art de guérir aux armées* ne soit pas indigne d'un art si noble et si utile ! Je me persuade que nos guerriers blessés me sauront eux-mêmes gré d'avoir célébré cet art auquel ils doivent la conservation de leurs jours précieux, et que tous nos braves applaudiront à des chants qui leur promettent des secours et des consolations sur le champ de bataille et dans les hôpitaux. Pour mes chefs et mes collègues, je désire qu'ils trouvent dans mon ouvrage des pages dignes de leur dévoûment, de leurs talens et de la gloire qu'ils ont acquise dans leurs fonctions aussi nobles que bienfaisantes. J'attends et je recevrai avec plaisir leurs observations pour en tenir bon compte, si jamais je fais une seconde édition de mon poème. Quant aux hommes de lettres, je me soumets à leurs jugemens, afin de mieux faire un jour, si je rentre dans leur domaine.

NOTES DE LA PRÉFACE.

(a) L'*Italie*, poème en quatre chants, publié l'année dernière par le même auteur, et dont la censure supprima une partie, va être réimprimé dans son entier : croira-t-on qu'elle ne permit pas l'impression de quelques vers sur un vieux temple de la Concorde, à Rome, et dont voici les premiers ?

> Hélas ! depuis dix ans l'Europe divisée,
> Sous le poids du malheur par la guerre écrasée,
> Aurait besoin qu'un bras généreux et puissant
> Dressât à la Concorde un nouveau monument.
> Doux charme des humains, seul bonheur de la terre,
> Concorde, ô de nos cœurs, déesse tutélaire,
> Eh quoi ! dans l'univers n'aurais-tu plus d'autels !
> N'es-tu plus qu'un vain nom pour les pauvres mortels !
> Le dieu Mars en courroux t'exile d'Italie,
> De mon triste pays le crime t'a bannie.

La même censure biffa ces lignes où se trouvent des réflexions bien naturelles dans l'église de Saint-Pierre de Rome, monument dédié au plus humble des hommes, au *serviteur* des *serviteurs*, à un simple pêcheur de Galilée.

» *Deposuit potentes de sede et exaltavit humiles.*

» Voilà bien le lieu et l'occasion de faire des réflexions » sur le néant des Rois, la fragilité des grandeurs et la puis- » sance de la main divine qui renverse les orgueilleux, élève » les humbles et presse à son gré, dans la succession des » tems, les hommes et les choses à la fois ».

Ce fut la même inquisition qui raya ces deux vers de mon manuscrit,

» Et les Papes ont fait pour un seul sanctuaire (Saint-Pierre),
» Plus que les Empereurs ne firent pour la terre.

et puis ceux-là sur le tombeau de Christine de Suède, en
parlant des moyens d'arriver au trône, je disais :

» Souvent même le crime en ouvre les chemins,
» Et parfois ses degrés de carnage sont teints.

Beaucoup d'autres passages de mon ouvrage, semblables à
ceux que je cite, furent impitoyablement condamnés par la
censure d'alors, aussi mon livre fut supprimé de moitié ; cependant j'y louais assez, et peut-être trop, celui qu'on appelait alors le héros du siècle ; je le louais, dis-je, sous le rapport de ses victoires en Italie, qu'on ne peut lui contester ;
sous le rapport du bonheur que cette belle contrée avait droit
d'en attendre, sur-tout pour la protection que les arts espé-
rent toujours d'un Souverain puissant. C'était l'éloge de l'admiration et de l'étonnement qui ont tant d'empire sur l'ima-
gination ; mieux eut vallu l'éloge de l'amour et de la reconnaissance ; mais cet éloge eût été un mensonge et une satire
sanglante, et je ne pouvais pas dire avec Horace, dans son
beau pays que je chantais, *hic ames dici pater atque princeps.*

(*b*) Qu'il me soit permis de transcrire ici ce que le Moniteur
du 16 mars 1814 disait à la fin de l'analyse qu'il fit de mon
poème. « La lecture de cet ouvrage intéressant nous justifiera
» du reproche d'avoir choisi *les morceaux les plus saillans*
» pour en faire sentir le prix. A chaque page on pourrait
» trouver des fragmens qui égalent et même surpassent ceux
» que nous avons cités. Si M. *Brad* ose entreprendre un ou-
» vrage plus long-tems médité ; s'il parvient à y attacher un
» intérêt dramatique, et à passionner ses lecteurs pour les
» hommes, comme il l'a fait pour les masses inertes, les en-
» fans de Mars pourront se vanter de posséder dans quelque
» tems, parmi eux, un homme qui était digne d'aspirer à plus
» d'un genre de gloire ».

ARGUMENT

DU CHANT PREMIER.

~~~~~~~~~~~~~~~~~~~~~~

EXPOSITION. — Invocation. — Hommage au Conseil de santé des armées. — L'art de guérir, présent du Ciel. — Apollon, Esculape ses Dieux. — Les premiers héros l'exercèrent. — Chiron, Hippocrate. — Division de l'art. — Chirurgie peu avancée chez les anciens. — Philippe près d'Alexandre. — Machaon dans Homère. — Iapis dans Virgile. — Ignorance, timidité de la chirurgie militaire de ces tems. — L'art de guérir chez les Romains. — Point de chirurgie militaire dans les légions de César. — Tems de la chevalerie. — L'amitié, quelquefois l'amour donnaient seuls des soins aux blessés. — Henri IV. — Sully. — Commencement de la chirurgie et de la médecine militaire en France. — Leur perfectionnement sous les règnes suivans. — L'anatomie cultivée. — École de Vienne, de Londres, de la Hollande, d'Italie, de Paris. — Étude des lois de la nature. — Lavoisier, ses travaux, ses succès, sa gloire et sa mort. — Dispositions, éducation préliminaires. — Cabanis, Haller. — Étude de l'art, théorie, nécessité de fréquenter les hôpitaux. — Pelletan, Corvisart, Chaussier, Desault, Bichat, Percy et beaucoup d'autres maîtres célèbres. — L'art de guérir dégradé dans la révolution. — Charlatans. — Son rétablissement. — Il faut se préparer de bonne heure pour mériter l'honneur d'exercer l'art de guérir aux armées. — Conduite, mœurs, travaux des officiers de santé militaires ; leur gloire, leurs récompenses, leurs espérances, sur-tout celle d'enseigner l'art à leur tour. — Éloge de Sabatier.

HYGIE

OU

L'ART DE GUÉRIR AUX ARMÉES.

CHANT PREMIER.

Je chante des guerriers l'honorable souffrance,
Leur noble sang versé pour défendre la France :
Au sein des hôpitaux, où gémit leur valeur,
Je viens les secourir et calmer leur douleur.
D'un art qui tous les jours les rend à la patrie,
Qui n'admirerait pas la puissance infinie ?
Des prêtres d'Esculape adoucissant leurs maux,
Je dirai donc aussi la gloire et les travaux.
Hélas ! par trop de fleurs et de chants de victoire
N'a-t-on pas de Bellone orné l'affreuse histoire ?
Dieux ! n'avons-nous pas vu trop de lauriers sanglans,
Et nous faut-il toujours chanter les conquérans ?

Fuyez, ô vous du Pinde et l'opprobre et l'outrage,
Muses, dont les autels au milieu du carnage,
N'ont jamais reconnu d'autres vœux, d'autre encens,
Que les larmes du monde et ses cris déchirans. (a)
Fille auguste des Cieux, seul appui de la vie,
Déesse des bons cœurs, Humanité chérie,

Sois ma muse en ce jour; viens, et que mes accens,
Par toi pleins de douceur, tendres, compatissans,
Aillent de tes bienfaits instruire au loin la terre,
Consoler de leurs maux l'un et l'autre hémisphère,
Et sourire aux bons cœurs où la douce pitié
Vit toujours près du tien son autel appuyé.

O vous, dont tant de fois, pleins de reconnaissance,
Nos Français valeureux ont béni la science,
Premiers soutiens de l'art, vous dont les soins pieux (1)
Ont si long-tems veillé sur leurs jours précieux,
Puissent, dignes de vous et de votre génie,
Mes vers être applaudis par la philantropie !
Puissent-ils, racontant vos immortels succès,
Porter à nos neveux vos noms et vos bienfaits !
Il n'est pas un guerrier de qui l'ame attendrie
N'applaudisse à mes chants offerts à la patrie :
Mais mon plus doux espoir est que, lisant mes vers,
Après tant de combats et des dangers divers,
Du retour de ses fils la mère réjouie
Bénira l'art sacré qui leur sauva la vie.

Et toi, lorsque la France, au comble des malheurs,
Sous mille factions gémissait dans les pleurs;
Tandis que si long-tems, par de folles conquêtes,
L'ambition sur nous amassait des tempêtes;
Quand pour nous asservir et mieux river nos fers,
Le sang français, par flots, inondait l'univers ;
O Louis, ô mon Roi, sans sceptre et sans couronne,
Ces maux t'afflligeaient plus que la perte d'un trône! (b)

---

(1) Les inspecteurs généraux du service de santé des armées.

Dans les pays lointains qu'habitait ta douleur,
Nos longs gémissemens allaient navrer ton cœur :
Après vingt ans enfin, sur les bords de la Seine
Quand au milieu des tiens un beau jour te ramène,
Jette sur mon Ouvrage un regard de bonté ;
Digne fils de HENRI, LOUIS, je n'ai chanté
Que de tes bons aïeux le plus bel apanage.
Le bien de nos guerriers n'est-il pas leur ouvrage ! (1)
    Aux premiers jours du monde où l'homme en sa fureur
Attaqua son semblable et chercha le malheur ;
Quand son sang eut coulé sous un trait homicide,
Il invoqua les dieux, et sous leur sainte égide
Apparut le mortel chargé de le guérir ;
Ou plutôt, près de lui, prompt à le secourir,
Il fit descendre un Dieu. Du sommet du Parnasse,
Le Dieu qui fut celui de Virgile et d'Horace,
Apollon, à sa voix, le fut des malheureux,
Et vint dans Épidaure en exaucer les vœux.
    Un baume bienfaisant apporté sur la terre
Calmait les maux nombreux que produisait la guerre ;
Sous la main des héros, le dictame étonné
Des plus heureux succès se voyait couronné,
Et de cet art divin qu'ils enseignaient aux autres
Les sages à l'envi se faisaient les apôtres :
Pythagore, Esculape, Empedocle, Chiron (2)
Par sa noble pratique illustrèrent leur nom.

_____

(1) HENRI IV fut le fondateur des hôpitaux militaires.

(2) Il n'est guère douteux que c'est du mot Chiron que vient celui de chirurgie.

A la gloire, à l'honneur, sur les bords du Scamandre,
Machaon près d'Achile eut le droit de prétendre.
Hippocrate naquit, et des remparts de Cos
S'éleva, chez les Grecs, au rang de leurs héros.
L'art n'avait point alors, par un honteux partage,
Profané d'Apollon le divin héritage :
Pour guérir surement il unissait toujours
Et de triples autels, et de triples secours.
Le même homme savait, sans aucun intermède,
Ordonner, préparer, appliquer le remède.
Au siècle où nous vivons, ces talens confondus
Sont le fruit précieux des préjugés vaincus ;
Et si, pour mieux servir dans le temple d'Hygie,
De son culte chacun exerce une partie,
Comme autrefois du moins l'étude réunit
Ceux que pour ses enfans la déesse choisit.

Dans ces tems éloignés, faible et timide encore
Cet art, quoiqu'élevé sur l'autel d'Épidaure,
Malgré les soins des Rois et le regard des Dieux,
Sans principes connus, n'était que merveilleux.
L'homme, dont le génie actif, infatigable,
Mesurait de ses Dieux l'ouvrage immensurable ;
Lui qui, d'un noble zèle et d'ardeur enflammé,
Chercha le feu sacré dont il est animé ;
L'homme, en ces premiers jours, par un contraste extrême,
Connaissait l'univers et s'ignorait lui-même. (1)
Il bravait les travaux : de son robuste corps
Il ne connaissait pas les plus simples ressorts.

***

(1) Lafontaine a dit : *Il connaît l'univers et ne se connaît pas.*

Au sommet de l'Olympe il portait sa pensée,
Sans deviner l'organe où le Ciel l'a placée.
Quand son cœur palpitait sous la main des amours,
Du sang qu'il élançait il ignorait le cours.
L'art que je chante, alors était loin de la gloire,
Dont chez nous aujourd'hui s'embellit son histoire.

Autrefois si par lui l'heureux Cléobanthus
D'un mal qui l'affligeait guérit Antiochus;
Si du vainqueur de l'Inde, appui sûr et fidèle,
Un savant médecin eut la gloire immortelle
De sauver du héros les beaux jours menacés;
S'il le rendit aux vœux des guerriers empressés,
Au milieu de l'armée et triste et consternée,
Iapis du trépas n'eût pu sauver Énée,
Si du sommet des Cieux, tremblante pour ses jours,
Vénus ne fût soudain venue à son secours. (1)
L'art incertain alors, sous des mains ignorantes,
Laissait la mort fixée aux flèches déchirantes,
Et le sang des guerriers, que l'on n'arrêtait pas,
Coulait, avec leur vie, au milieu des combats.

Les Romains, ces vainqueurs, ces maîtres de la terre,
Qui firent si long-tems leurs destins de la guerre;
Au chemin de l'honneur marchaient avec fierté,
Mais ignoraient cet art, qui de l'humanité,
Au sein d'une bataille, est le plus beau partage.
César fut un héros; mais son bouillant courage,

─────────────────────

(1) *Hic Venus indigno nati concussa dolore*
Dictamum genitrix cretâ carpit Idâ. VIRG. Énéide.
. . . .
. . . .

Son ardeur, ses travaux et son activité
L'auraient porté bien mieux à l'immortalité,
Si de ses légions, soignant la noble vie,
Il eût sous ses drapeaux fixé la chirurgie ;
Prodigue, hélas ! du sang qu'ils versaient par torrens,
Il les oublia trop au milieu de ses camps.

    Dans les jours belliqueux de la chevalerie,
Jours brillans des héros, beaux jours de ma patrie,
La douce amitié seule et quelquefois l'amour
Aux vaillans chevaliers présentaient tour à tour
Le baume qui devait apaiser leur souffrance
Et sauver des guerriers dont s'honorait la France. (c)
Souvent dans un donjon le brave transporté,
Trouvait pour médecin la modeste beauté,
Et le linge appliqué par sa main bienfaisante,
Guérissait quelquefois la blessure sanglante,
Tandis que ses beaux yeux, dans le cœur du héros,
Sans pouvoir les guérir, portaient des coups nouveaux.

    L'honneur des chevaliers, l'amour de la patrie,
Henri Quatre régna... La France réjouie
Vit alors s'élever, près de l'autel de Mars,
L'autel qui d'Épidaure embellit les remparts ;
Et Sully, d'un grand Roi le ministre fidèle,
Fut le premier, chez nous, dont les soins et le zèle
Formèrent dans les camps ces asiles pieux,
Ces rapides secours qu'aux blessés malheureux
L'humanité réserve au milieu du carnage :
Cependant d'un bon Roi cet immortel ouvrage
Était bien loin encor d'offrir à nos soldats,
Du plus heureux des arts l'ordre et les résultats.

Mais depuis ces beaux jours, où par l'anatomie
Le médecin conduit aux sources de la vie,
Par des soins assidus et de nouveaux efforts,
De sa création découvrit les ressorts ;
Depuis que le scalpel, en ses mains diligentes,
Rechercha dans la mort ces merveilles vivantes ;
Plus certain de guérir, plus sûr de ses succès,
L'art d'Esculape enfin fut fixé pour jamais.
Des maîtres exercés, de nombreuses écoles,
Substituant les faits à de vaines paroles,
Des rives de la Seine aux champs de l'Éridan,
De Vienne aux murs de Londre, aux bords de l'Océan,
Préparèrent de l'art la vaste connaissance.
L'étude, le travail, l'amour de la science,
De la nature enfin cherchèrent les secrets
Et furent couronnés des plus heureux succès.

Un homme, hélas ! l'honneur, l'amour de sa patrie,
Riche de tous les dons, et sur-tout du génie,
Un homme que la Grèce eût mis au rang des Dieux,
Lavoisier vint alors... De faits prodigieux
La science par lui se voyait enrichie,
Du plus brillant éclat il couvrit la chimie :
Dieux ! que n'eût-il pas fait, si d'horribles tyrans
Eussent, au moins, dans lui respecté les talens ?

Muse, au milieu des pleurs, sur sa tombe immortelle,
Viens, conte à l'avenir son histoire cruelle ;
Mais pardonne aux tyrans qui l'ont assassiné,
Car le Roi, la patrie, eux même ont pardonné.

Au faîte des grandeurs, au sein de la fortune,
Montrant pour la science une ardeur peu commune,

Lavoisier lui donnait tous ses soins, ses trésors ;
De merveilleux succès couronnaient ses efforts.
Dans ses secrets nombreux pénétrant la nature,
De son pouvoir immense il avait la mesure,
Et la balance en main, unis ou divisés,
Les élémens du monde étaient par lui pesés ;
Dans un tube échauffé, lentement introduite,
Brisant le nœud secret dont elle fut produite,
L'onde se décompose, et deux produits divers,
Invisibles, légers, s'élèvent dans les airs.
Sous l'électricité dont il tient l'étincelle,
Ces deux gaz rencontrant la main qui les appelle,
De nouveau réunis, par lui sont enchaînés,
Et l'onde coule encore à nos yeux étonnés.

L'air par lui se divise : un double phénomène
Détruit en même-tems le lien qui l'enchaîne ;
D'un côté, se dégage, à ses regards charmés, (1)
L'heureux souffle par qui nous sommes animés ; (d)
De l'autre, un air moins pur, mais de qui la puissance
Chez tous les végétaux entretient l'existence.
Des lois du globe entier, invisibles agens,
De sa vie éternelle, éternels élémens, (e)
En les mêlant au feu que lui-même il rassemble,
L'immortel Lavoisier explique tout ensemble,
L'homme, les végétaux, les minéraux divers ;
Plus grand que Prométhée, anime l'univers,
Ou plutôt élevé près de l'Être suprême,
A la création il assiste lui-même.

(1) Chimie pneumatique.

De ses divins travaux il poursuivait le cours,
Il leur consacrait tout, sa fortune, ses jours.
A l'ombre des bosquets, aux bords d'une onde pure
Il expliquait des fleurs la brillante parure. (1)
Au sommet de l'Etna, dans ses horribles flancs
Il trouvait, il disait la cause des volcans ;
Dans le plus haut des cieux, s'emparant du tonnerre,
Il le faisait gronder, sans effrayer la terre ;
Au sein de sa patrie, escorté par les arts,
Il y réunissait tous leurs moyens épars ; (2)
A l'utile artisan il donnait l'industrie,
Du commerce joyeux il augmentait la vie ;
Et Cérès et Bacchus, dans nos heureux climats,
Souriaient aux trésors qui naissaient sous ses pas.

Mais si l'homme en santé doit à sa bienfaisance
De mille biens divers une heureuse abondance ;
Le mortel malheureux qu'accablent les douleurs,
Lui doit d'autres secours, des trésors plus flatteurs.
D'Hippocrate par lui s'agrandit le domaine.
Des mouvemens du cœur l'auguste phénomène,
De l'air dans nos poumons l'éternel changement
Expliquent de nos maux le mystère étonnant ;
Et fixant les écarts de l'inexpérience,
Par un fil plus certain dirigent la science (3) ;

Au fond du labyrinthe ainsi l'on vit jadis,
Cherchant l'heureux amant dont son cœur est épris,

(1) Chimie végétale.
(2) Chimie des arts.
(3) Chimie animale.

Ariane, d'un fil suivant l'appui fidèle,
Parcourir les détours qui s'offraient devant elle;
Et joyeuse, à la fin, revoir sous un beau jour
L'objet long-tems caché du plus ardent amour.

O vous, Dieux immortels, amis de ma patrie,
Qui par lui vous plaisez à la voir enrichie,
Prolongez, prolongez des jours si précieux;
Il n'est pas tems encor qu'il monte dans les Cieux
Ce grand homme par vous envoyé sur la terre,
De ses travaux à peine il ouvre la carrière :
Mais dans ces tristes tems d'erreurs et de forfaits,
Les Dieux se montraient sourds aux vœux des bons Français.
Lavoisier dans les fers, innocente victime,
Va bientôt succomber sous la hache du crime.
Au tribunal de sang à peine est-il monté,
Que son arrêt fatal aussitôt est porté :
De la mort qui l'attend l'horrible char s'avance....
Dieux! que ne peut dans lui l'amour de la science!
Sans rien voir de la mort, ni ses tristes apprêts,
Ni le fer, l'échafaud, les bourreaux qui sont prêts,
Lavoisier, de son art occupant ses pensées,
Des richesses par lui dans les fers amassées,
Veut, avant de mourir, honorer son pays;
Il demande un seul jour... (ƒ) O forfaits inouis!
O barbare refus de nos affreux Vandales!
» Qu'il meure, dirent-ils; dans ses fières annales,
» A notre liberté que servent les savans » ?
Lavoisier, contristé du refus des tyrans,
Cachant dans son manteau sa tête qu'il incline,
Comme un sage, un héros, vers la mort s'achemine...

O vous qu'il honora de sa longue amitié,
Vous sur qui de sa gloire il versa la moitié,
Savans qui, comme lui, cultivez la chimie,
Si vous avez accès auprès de l'anarchie,
Si vous pouvez vers elle élever votre voix,
Hâtez-vous, suppliez, et sauvez à la fois
L'appui de la science, et sa gloire et la vôtre.
Ah! dans ces tems affreux, quel opprobre est le nôtre!
Au malheur l'amitié compatit à regret,
Et peut-être l'envie y sourit en secret.
Lavoisier tombe... hélas! ses nobles destinées,
Au moins du bien qu'il fit, se voient environnées;
Et quand son ame aux Cieux vole à l'éternité,
Les arts portent son nom à l'immortalité.

Vous donc, qui sur les pas des savans, vos modèles,
Étudiez leur art en disciples fidèles;
Vous que l'honneur destine à porter aux guerriers
Les secours qui vous font partager leurs lauriers,
Que dans nos hôpitaux, appelés dès l'aurore,
Le soir, pendant long-tems, vous y retrouve encore.
Sur les pas d'un bon maître, élèves studieux,
Venez vous essayer à des soins glorieux,
Et que l'homme gissant dans ces lieux d'infortune,
Soit l'école constante, où d'une ardeur commune
Vous appreniez comment, sur le champ de l'honneur,
Par vous de nos guerriers cessera la douleur.
C'est là, dans ce séjour tout rempli de souffrance,
Qu'entouré de tourmens, mais suivi d'espérance,
Le grand homme de Cos révèle ses secrets,
Et montre le chemin qui conduit aux succès:

Là, Pelletan, Chaussier, Corvisart et tant d'autres,
Mes maîtres dans un tems, seront aussi les vôtres;
Par eux vous connaîtrez comme il faut pour guérir,
Diriger la nature ou la laisser agir.
Là, Percy vous dira, comment toujours prudente,
Quelquefois à s'armer la main doit être lente;
Et d'autres fois comment, prompte avec sureté,
Par elle d'un blessé le membre est amputé.

    Semblable au laboureur qui, d'une main hardie,
Émondant d'un ormeau l'inutile partie,
A son tronc soulagé donne plus de vigueur,
Et lui rend la santé, son ombre et sa fraîcheur.

    Pourtant ce n'est pas tout que de voir la misére,
De tendre au malheureux une main tutélaire :
Craignez de l'empirisme et l'écart et les torts,
Et que la théorie éclaire vos efforts.
Doué d'un cœur sensible, animé d'un beau zèle,
On s'égare souvent, et l'ardeur la plus belle
N'a jamais dans notre art tenu lieu de talens;
La routine est l'écueil ouvert aux ignorans.
De l'éducation que la vaste richesse,
De loin, par ses trésors, forme votre jeunesse.

    Comme un terrain inculte ou mal entretenu
Ne fécondera point le grain qu'il a reçu;
L'esprit qu'on n'aura point disposé par l'étude,
Nul, et pour le travail restant sans aptitude,
Aux grands secrets de l'art ne parviendra jamais.
Imitez Cabanis pour avoir des succés :
Jeune encore il apprit, aux leçons de Virgile,
A rendre son esprit et profond et facile;

Il traduisit Homère, et dès-lors on prévit
Qu'il serait d'Hippocrate un disciple érudit.

  Cultivez à la fois les lettres, l'éloquence ;
L'éloquence toujours embellit la science :
Faites même des vers : (g) des monts Helvétiens,
Celui qui fut l'honneur, riche de mille biens,
Haller, le grand Haller monta sur le Parnasse,
Il parla quelquefois le langage d'Horace ;
Comme un autre Apollon, son glorieux destin
Le fit en même-tems poète et médecin.

  Sous le règne trop long d'une affreuse anarchie,
Quand des monstres cruels opprimaient la patrie,
Qui de nous n'a pas vu ces tems, ces tristes tems,
Où l'art avait son sceptre aux mains des charlatans ?
Le culte d'Hippocrate en proie à la licence,
N'était plus qu'impudeur, empirisme, ignorance.
Monté sur ses tréteaux, l'ignoble *guérisseur*,
Stupide, plein d'orgueil, sans crainte, sans honneur,
Du peuple qu'il trompait captivait les suffrages,
Et lui donnait la mort au fond de ses breuvages.
Loin du trône sanglant où siégeait la terreur,
Esculape avait fui. Triste, rempli d'horreur,
De son autel brisé, le ministre fidèle
Cachait au fond des bois ses talens et son zèle,
Et trop souvent, hélas ! trouvait aux échafauds
Le prix qu'à son savoir réservaient les bourreaux.

  Par les efforts constans de son noble génie,
Désaut, long-tems encor, soutint la chirurgie ;
Son art, quoiqu'entravé par nos vils oppresseurs,
Servit avec succès nos bataillons vainqueurs ;

Formés par ses talens, ses disciples habiles
A nos soldats nombreux furent long-tems utiles ;
Il eût fait encor plus, si la mort à nos cœurs
Ne l'eût trop tôt ravi tout baigné de nos pleurs.

     O Bichat, d'un tel maître, et l'honneur et la gloire, (*h*)
Toi que j'ai vu le suivre au temple de mémoire,
Ah ! permets dans ces vers, permets à ton ami
De consigner les maux dont son cœur a gémi,
Lorsque, sous les efforts du plus rare génie,
Je t'ai vu succomber au printems de la vie.
Oui, Bichat, éplorée auprès de ton cercueil
J'ai vu la chirurgie, en longs habits de deuil,
Mêler à tes lauriers le cyprès funéraire,
Témoigner par ses pleurs les regrets d'une mère,
Et couronnant de fleurs tes immortels travaux,
Aux yeux de l'univers te nommer son héros.

     Mais lorsqu'enfin le Ciel, des rives de la France,
Eut chassé la terreur, le crime et l'ignorance,
Du nom de médecin le vil usurpateur
Rentra dans le néant. Sous son bras protecteur
De l'art fut relevé l'auguste sanctuaire,
Et son antique éclat vint réjouir la terre.

     Courez à son autel, ô vous que nos héros
Attendent dans les camps pour soulager leurs maux ;
Recueillez, amassez ces fruits de la science,
Qui devront conserver des enfans à la France :
Méritez de bonne heure et préparez long-tems
Cet honneur pur et vrai que donnent les talens.
Si le sang des guerriers est tout à la patrie,
Si l'intérêt du prince est celui de leur vie,

Quel honneur est le vôtre, ô vous qu'il doit charger
De veiller sur leurs maux et de les soulager?
Si le sang précieux, versé pour sa défense,
Offre tant de lauriers aux champs de la vaillance,
Que de lauriers pour vous, quelle immortalité,
Si par votre savoir ce pur sang arrêté
Sauve un homme à l'État, un soldat à la gloire,
Et rend moins douloureux le prix de la victoire!
   Cependant gardez-vous d'oublier un instant
La conduite prescrite à l'homme de talent;
Au milieu des guerriers, quoique guerriers vous même,
Conservez pour votre art une tendresse extrême;
Qu'on juge à vos discours, qu'on lise sur vos fronts,
D'un art si beau, si grand, les emblêmes profonds.
Soyez graves, penseurs, mais sans pédanterie;
Soyez gais, je le veux, mais sans étourderie;
Que toujours de vos mœurs l'exemple édifiant
Des plus rares vertus soit le tableau vivant;
Craignez de nos cités l'oisiveté perfide;
Évitez de nos camps le tumulte rapide;
Laissez à nos héros de retour des combats,
Les jeux et les loisirs que toujours ils n'ont pas.
Prêtres d'un culte saint, qui veillez sur l'armée,
Pour que toujours votre ame y soit accoutumée,
Dans le recueillement, l'étude et les travaux,
Passez les jours heureux de paix et de repos;
Amassez pour ces tems, où Bellone en furie
Un jour aura besoin de tout votre génie.
Que mille faits par vous sagement observés,
Comme un brillant trophée, à l'art soient élevés;

Que vos premiers succès à d'autres vous conduisent;
Que même vos erreurs vous guident, vous instruisent;
Et, votre livre en main, dites dans vos foyers:
Voilà ce que j'ai fait pour le bien des guerriers.

Tel, après les combats, Paré, couvert de gloire,
De ses nombreux succès nous a transmis l'histoire;
Et tel, à son retour des plaines de Memphis,
Dans un livre savant et cher à son pays, (i)
Larrey nous a tracé, d'une main régulière,
Et ce qu'il avait fait, et ce que l'on doit faire.

Ainsi, dans les beaux jours où tout n'est que loisirs,
Quand l'écho ne redit que le chant des plaisirs,
A peine à l'horison de loin brille l'aurore,
La fourmi dans ces jours plus prévoyante encore,
Vers les champs écartés commence ses travaux,
Le soir toujours l'y trouve, et les trésors nouveaux
Qu'à l'abri des dangers elle entasse sans cesse,
Pour le tems des besoins formeront sa richesse:
Heureuse du travail qui l'occupe au printems,
L'hiver elle jouit de ses fruits abondans.

Un jour, si la vertu devient votre apanage,
Si chez vous les talens augmentent avec l'âge,
Près des chefs de l'armée, admis à leurs conseils,
Dans les mêmes sentiers, dirigeant vos pareils,
On vous verra couverts et d'honneurs et de gloire,
Partager avec eux les fruits de la victoire;
Du sein des hôpitaux, du milieu de nos camps,
Vers vous s'élèveront des cœurs reconnaissans;
Et parmi les dangers d'une trop longue guerre,
Nos guerriers conservés vous nommeront leur père.

Enfin,

Enfin, quand de la paix l'olivier précieux
Couvrira mon pays de son ombrage heureux,
Lorsque le monde entier du bonheur de la France
Verra naître la fin de sa longue souffrance;
Quand au milieu du peuple enivré de plaisirs,
Vous reviendrez trouver les paisibles loisirs;
Aux rives de la Seine où vécurent vos maîtres,
Séjour où près du trône Esculape a ses prêtres,
Maîtres à votre tour dans l'art que vous aimez,
Par vous du même amour pour cet art enflammés,
Des disciples viendront à vos leçons dociles,
En prendre chaque jour les préceptes utiles.
Aux lieux où cinquante ans, pure et noble à la fois,
Du docte Sabatier a retenti la voix,
Dans ce parvis sacré qui le regrette encore,
Devant ses traits chéris dont l'école s'honore,
Vous pourrez être admis, et marchant sur ses pas,
Démontrer l'art divin qui guérit nos soldats.

O toi, dont les leçons formèrent ma jeunesse,
Toi qui plein de douceur, de grâces, de noblesse
M'appris à chérir l'art dont je dis les bienfaits,
Sabatier, dans la tombe, où tu dors pour jamais,
Puisse de mes accens la touchante harmonie
Sourire chez les morts à ton ombre chérie !
S'ils sont dignes de toi, s'ils charment ton repos,
Si tu me reconnais à ces accords nouveaux,
Si mes vers de mon maître honorent la science,
Ma muse est satisfaite, et j'ai ma récompense.

Vous, qui n'avez pas vu cet aimable savant;
Le Nestor de notre art et son digne ornement,

2

Suivez-moi, jeunes gens, au temple de mémoire ;
Là, mes vers vous diront sa bienfaisante histoire ;
Là, vous pourrez apprendre, à ses doctes leçons,
Comme il faut enseigner l'art que nous exerçons.
    Il était jeune encor, le printems de sa vie,
Ces jours que trop souvent égare la folie,
Étaient pour lui des jours d'étude, de travaux,
Et déjà les vieillards devenaient ses rivaux.
Des anciens de notre art l'unanime suffrage
Rendit à son savoir le plus beau témoignage :
Au fauteuil de Winslou, placé près de Louis,
Il y tint tous les yeux de plaisir éblouis ;
Groupés autour de lui, dans un profond silence,
Attentifs, entraînés par sa douce éloquence,
De nombreux auditeurs puisaient dans ses leçons
De l'art qu'ils chérissaient les préceptes profonds.
    Ainsi l'on vit jadis aux confins d'Italie,
Pythagore entouré d'une jeunesse amie,
Enseigner la sagesse, et de ses doctes lois
Instruire l'Hespérie et la Grèce à la fois.
    Sur les bords de la Seine, immense, magnifique,
S'élève dans les airs un monument antique,
Ouvrage merveilleux du plus grand de nos Rois.
Là, des guerriers Français et l'exemple et le choix,
Nos vétérans unis sous des lois protectrices,
Comptent dans le repos leurs nobles cicatrices ;
L'art à ces vieux guerriers prodigue ses secours,
Par des soins assidus y prolonge leurs jours.
Il faut à cet asile un bienfaiteur, un père,
Un savant exercé dans notre ministère :

Sabatier est choisi. Digne choix d'un savant !
L'asile de la gloire est celui du talent.
Là, chaque jour, marchant avec la théorie,
La pratique par lui se voyait agrandie :
Là, par un zèle ardent, par des soins redoublés,
Conservant des héros les membres mutilés,
Il apprit aux enfans d'Esculape et d'Hygie,
Comment dans les combats on conserve leur vie.
Le grand art d'opérer sous son habile main
Fut toujours un art prompt, gracieux et certain. (1)
Des vieux enfans de Mars, soumis à sa science,
Sa voix douce et sensible appaisait la souffrance,
Et l'on eût dit un Dieu bon et consolateur
Envoyé par le Ciel pour calmer la douleur.

Tant de succès, de soins, de grâce, d'éloquence,
Devaient avoir bientôt une autre récompense :
Il fallait, aux regards de l'univers savant,
Couronner d'un laurier cet utile talent.
Suivi de Vicdazir, au siége académique
Sabatier fut porté. Là, d'une ardeur unique,
Chaque jour de son art augmentant les trésors,
Par des écrits nombreux, par de doctes efforts,
Trente ans il agrandit le champ de la science.
Pour un si grand honneur, quelle reconnaissance !

Au sein de sa famille, où régnaient ses vertus,
Dans le monde, où ses soins se voyaient étendus,
Par la douce amitié, par des plaisirs paisibles,
Son esprit délassé de ses travaux pénibles,

(1) *Cito, tuto et jucundè.*

Brillait du pur éclat qu'offre l'amour des arts.
Heureux délassemens ! Sur le sol des Césars,
De Cicéron jadis ils faisaient tous les charmes ;
Frédéric les connut même au milieu des armes,
Et d'Haller, écrasé sous le poids des travaux,
Ils firent les loisirs, la gloire et le repos.

   Couvert des cheveux blancs d'une verte vieillesse,
Fidèle à ses devoirs, on le voyait sans cesse
Dans le chemin de l'art, d'élèves entouré,
Présider par lui-même à son culte sacré.

   C'est ainsi, qu'arrivant au déclin de la vie,
Sabatier, de vertus l'ayant toujours remplie,
Est entré dans la tombe ; et s'élevant aux cieux,
Son ame y goûte en paix le plaisir des heureux.

Fin du Chant premier.

NOTES

DU CHANT PREMIER.

⁓⁓⁓⁓⁓⁓⁓⁓⁓⁓⁓⁓⁓⁓

(*a*) PAGE 1, VERS 16.

Fuyez, ô vous du Pinde et l'opprobre et l'outrage,
Muses, dont les autels au milieu du carnage,
N'ont jamais reconnu d'autres vœux, d'autre encens,
Que les larmes du monde et ses cris déchirans.

A peu près, je crois, vers l'époque de la bataille de Vagram, en 1809,
parut un ouvrage dans lequel l'auteur n'eut pas honte d'avancer que les
guerres étaient nécessaires pour la prospérité de l'espèce humaine, et que
la moitié des hommes devait égorger l'autre pour vivre plus à son aise.
Sans doute que cet auteur *philantrope* voulait faire partie de la moitié
égorgeante. Pouvait-on faire plus horriblement sa cour au gouvernement
d'alors ? Je savais bien que les flatteurs d'ALEXANDRE portaient tous la
tête penchée sur l'une des épaules, parce que leur maître avait le cou
tors ; que les courtisans de CHARLES IX juraient à l'instar de leur
maître ; mais je n'avais pas vu encore porter si loin la bassesse de la
flatterie que ne l'a fait le flatteur du gouvernement impérial.

(*b*) PAGE 2, VERS 28.

O LOUIS, ô mon Roi, sans sceptre et sans couronne,
Ces maux t'affligeaient plus que la perte d'un trône !

Après les malheurs trop fameux de la retraite de Moscou, on fit
des fêtes brillantes à Londres pour y célébrer des évènemens qui prépa-
raient les succès des alliés. La Cour de France fut invitée à prendre part
à ces fêtes. LOUIS XVIII s'en excusa, en disant qu'il ne pouvait être
pour rien dans des réjouissances qui annonçaient la mort malheureuse de
plus de cent mille de ses Français. Douleur d'une belle ame, d'un véritable Français ! réponse bien digne d'un descendant d'HENRI IV, de ce
bon Roi qui nourrissait ses sujets armés contre lui ! Ce trait sublime de

Louis le *désiré* eût embelli les fastes du bon Titus, et brillera à jamais dans ceux des BOURBONS.

(c) PAGE 6, VERS 12.

Dans les jours belliqueux de la chevalerie,
Jours brillans des héros, beaux jours de ma patrie,
La douce amitié seule et quelquefois l'amour,
Aux vaillans chevaliers présentaient tour à tour
Le baume qui devait apaiser leur souffrance
Et sauver des guerriers dont s'honorait la France.

Dans *Roland le furieux*, l'Arioste nous représente ainsi Angélique pansant les blessures du beau Médore :

« Del palafreno Angelica giù scese,
» E scender il pastor seco fece anche.
» Pestò con sassi l'erba; (le dictame) indi la prese,
» E sugo ne cavò fra le man bianche.
» Nella piaga n'infuse, e ne distese
» E pel petto, e pel ventre, e fin all' anche :
» E fù di tal virtù questo liquore
» Che stagnò il sangue, e li tornò il vigore.

(d) PAGE 8, VERS 18.

D'un côté, se dégage, à ses regards charmés,
L'heureux souffle par qui nous sommes animés.

Par le mot *animés*, je n'entends point notre *spiritualité*. Ce serait du pur matérialisme, et, Dieu merci, une telle erreur n'est point la mienne; j'entends par ce mot la première action des poumons, la première inspiration de l'enfant qui vient de naître. Et c'est à l'action de l'air vital, comme on sait, qu'est due cette vie des poumons, qui, au moment de la naissance, semble donner la vie à tous les autres organes, et sur-tout au cœur, dont le mode d'action change alors.

(*e*) PAGE 8, VERS 22.

Des lois du globe entier, invisibles agens,
De sa vie éternelle, éternels élémens.

Il n'est ici question que de la vie de la matière ; à laquelle contribue sa destruction même, par les différentes combinaisons des élémens ; ce qui me la fait appeler éternelle, non pas à la manière d'Épicure, mais à raison de sa reproduction continuelle, véritable métempsycose physique, dont la chimie moderne a découvert le secret dans les élémens, qui, selon leurs modifications, leurs combinaisons entre eux, forment tour-à-tour une plante, un animal, s'arrondissent dans l'œil de l'homme, s'alongent dans les fibres d'un arbre, donnent aux fleurs printannières leur brillant éclat et leurs parfums, se décolorent et deviennent inodores avec les fleurs de l'automne, et se modifient enfin de mille manières sous la main puissante de celui qui a tout créé.

(*f*) PAGE 10, VERS 24.

Il demande un seul jour. . . O forfaits inouis !
O barbare refus de nos affreux Vandales !

Lavoisier, dans sa prison, travaillait à des mémoires précieux pour la chimie. Lorsqu'il fut condamné à mort, il demanda quelque tems pour en terminer la rédaction. Tout le monde connaît l'horrible réponse que lui fit faire le président du tribunal révolutionnaire. « La république n'a pas besoin de Chimistes, qu'il aille à la mort. » Malheureux Lavoisier ! c'était à sa fortune qu'en voulaient les brigands. Et cependant pouvait-il en faire un usage plus utile à sa patrie, que celui qu'il en faisait ! Je sais un de mes compatriotes, qui alors son élève en chimie, fut, aux frais et par les ordres de son digne maître, herboriser dans les Pyrénées : beaucoup d'autres jeunes gens, sans fortune, recevaient de lui l'argent nécessaire à leur instruction, tandis qu'il dépensait d'ailleurs des sommes énormes pour les progrès de la chimie.

(g) PAGE 13, VERS 5.

Faites même des vers. . . . .

. . . .

Haller, le grand Haller monta sur le Parnasse.

Par ces mots : *Faites même des vers*, je ne prétends point dire une sottise ; et c'en serait une, si je disais que pour être médecin il faut être poète ; mais j'ai voulu dire que la littérature et la poésie ne doivent point être étrangères à l'homme de l'art, et que, pour se délasser, ce ne serait point un mal qu'il fît des vers. Haller en faisait de très-beaux : voyez, entre autres, son Ode intitulée *Les Alpes*, et celle *sur la mort de son épouse*. Redi, savant médecin Italien du 17.ᵉ siècle, naturaliste et philosophe, était poète ; il a fait, entre autres poésies, des Dithyrambes qui sont regardés comme classiques dans la littérature italienne. Il fut premier médecin de deux grands ducs de Toscane. Le célèbre élève de Desaut, le savant Petit, de Lyon, faisait aussi des vers ; ses *Lettres à Forlis* ne seraient point déplacées dans le recueil de nos meilleurs poètes, entre autres, celle que l'Institut mentionna honorablement dans un concours. Je ne crois pas déplaire à mes lecteurs, en trancrivant ici un fragment de cette Épître :

« Travaille, sois actif, ardent, opiniâtre,
» Avide de succès, de ton art idolâtre ;
» A l'émulation s'il présente un laurier,
» Que pour le recevoir ton front soit le premier :
» Du nom que jeune encore a proclamé la gloire
» Avec plus de plaisir on garde la mémoire ;
» De ses premiers succès on se souvient long-tems ;
» L'âge ne flétrit point les lauriers du printems.
» Veille, et que quelquefois la diligente aurore
» Sur ton travail courbé puisse te voir encore :
» L'homme souffrant sourit au moment du réveil,
» A ton front que n'a point caressé le sommeil.
» *Dans le calme profond de toute la nature,*
» *Il a pensé, dit-il, aux tourmens que j'endure,*

» *Son esprit un moment s'est reposé sur moi ;*
» *Ah, qu'il mérite bien mon estime et ma foi !*
» Que cet aveu, Forlis, ne soit point un mensonge :
» Veiller pour le malheur c'est avoir un beau songe !
» Sur les trésors de l'art que tes yeux soient ouverts :
» Ses secrets dispersés dans cent livres divers,
» Couverts d'un voile épais, qui n'est point la science,
» Pourront, en les cherchant, lasser ta patience :
» Mais dans un sol ingrat l'or est souvent caché ;
» Par un travail pénible il veut être arraché.
» Amant de la science, apprends-en l'origine,
» Demande aux tems passés leur antique doctrine.
» Cherche dans les écrits de tant d'hommes fameux
» Les moyens, d'être un jour aussi célèbre qu'eux :
» De toutes nos douleurs lis-y l'horrible histoire :
» Sur-tout, dans ce travail, confie à ta mémoire
» Plutôt ce qu'ils ont fait que ce qu'ils ont pensé :
» L'esprit peut s'égarer dans un rêve insensé,
» Présenter comme vraie une fausse peinture ;
» Mais les faits sont toujours plus près de la nature :
» Ils parlent son langage ; et des siècles nombreux
» Sans les dénaturer peuvent couler sur eux. »

De pareils vers faits par l'un des plus célèbres médecins de Lyon, prouvent assez que la médecine et la poésie ne s'excluent pas. Enfin le grand médecin de Véronne, au 16.ᵉ siècle, le philosophe Fracastor, fut aussi un grand poète de son tems ; tout le monde connaît sa *Syphilis ;* il fit encore un autre poème intitulé *Joseph.*

(*h*) PAGE 14, VERS 5.

O Bichat, d'un tel maître, et l'honneur et la gloire,
Toi que j'ai vu le suivre au temple de mémoire.

Bichat, un jour les bras croisés, et les yeux baignés de pleurs, contemplait le buste de son digne maître, le célèbre Desaut, comme César contemplait celui d'Alexandre; un de ses amis s'approchant de lui, Bichat se détourne, et lui serrant la main : « Je voudrais, lui dit-il, » mourir demain, et avoir acquis autant de gloire que ce grand homme. » Noble amour de la gloire dans une ame reconnaissante ! Il promettait à la chirurgie un grand homme de plus; car à la célébrité qu'avait acquise Bichat, jeune encore, on juge aisément à quel degré il y fût parvenu, si la mort ne l'eût pas trop tôt réuni à son maître.

(*i*) PAGE 16, VERS 8.

Et tel, à son retour des plaines de Memphis,
Dans un livre savant et cher à son pays,
Larrey nous a tracé, d'une main régulière,
Et ce qu'il avait fait, et ce que l'on doit faire.

Le précieux ouvrage intitulé : *Relation historique et chirurgicale de l'expédition de l'armée d'Orient, en Égypte et en Syrie,* de ce célèbre chirurgien des armées, où se trouve réunie une foule de connaissances, de réflexions et d'observations curieuses sur ce beau pays, et qui, sur-tout contient des mémoires savans sur différens objets de l'art. Ce Livre, dont nos journaux ont parlé si avantageusement, est un des beaux titres de gloire pour M. Larrey, qui a dirigé avec tant de succès notre chirurgie militaire dans les campagnes d'Italie, d'Égypte, d'Espagne, d'Allemagne, de Pologne, de Russie. Lui et M. Percy ont été comme les deux géans de notre art dans les guerres de la révolution; et il n'est pas un soldat par qui leur nom célèbre ne soit répété avec respect et reconnaissance.

Fin des Notes du Chant premier.

HYGIE

OU

L'ART DE GUÉRIR

AUX ARMÉES.

ARGUMENT

DU CHANT DEUXIÈME.

~~~~~~~~~~~~~~~~~~

PRÉPARATIFS de guerre. — Appel aux hommes de l'art. — Leurs premiers devoirs. — Ils désignent et font réformer ceux qui ne sont pas propres à la guerre. — La vaccine. — Comparaison de l'ancienne manière de faire la guerre avec la manière dont elle se fait de nos jours. — L'art est plus difficile, et doit être plus soigneux aujourd'hui que les marches sont plus longues, les batailles plus nombreuses et plus meurtrières. — Rencontre d'un parti ennemi, c'est un corps d'émigrés. — Bravoure de part et d'autre. — Soins attendrissans donnés aux blessés. — Reconnaissance de deux amis à l'ambulance. — Percy et le comte de Roquefeuille. — Attentions qu'il faut avoir dans les différens climats où se trouve l'armée. — Nostalgie, ou maladie du pays. — Campement; ses dangers; nouveaux devoirs des médecins; ils sont admis aux conseils de l'armée. — D'après Hippocrate, *de aere, aquis et locis*, ils y parlent sur les précautions à prendre pour la santé des soldats. — Hygiène des camps. — Causes multipliées des maladies, selon les marches, les fatigues, les privations des soldats et l'intempérie des climats. — Épidémies. — Abattement de l'armée. — Douleur de son chef. — Réunion des chefs de l'art, dispositions, moyens d'arrêter l'épidémie. — Desgenettes en Égypte. — Plan d'assainissement arrêté. — L'épidémie cesse. — Nos soldats revolent à la gloire. — Éloge, récompense des services rendus par l'art. — Paré, son histoire. — La peste d'Athènes. — Hippocrate au-dessus des héros de la Grèce.

HYGIE

OU

L'ART DE GUÉRIR AUX ARMÉES.

CHANT DEUXIÉME.

Je vois se rallumer les feux de la discorde,
Comme un large torrent qui s'avance, déborde,
Inonde nos sillons, détruit dans ses fureurs
Les moissons, les troupeaux, et les fruits et les fleurs ;
De bataillons armés elle couvre la terre :
De carnage, de sang notre vieil hémisphère
Va s'abreuver encor. Bellone dans les airs,
De son farouche aspect effraie l'univers ;
Du sommet de nos tours, du haut de nos murailles
Elle a déjà donné le signal des batailles.

Permettras-tu long-tems encore nos malheurs,
O Ciel ! quand cesseront nos tourmens et nos pleurs ?
Quand viendra l'heureux jour, le jour où sans alarmes,
La France de la paix pourra goûter les charmes,
Et respirant enfin dans le sein du repos,
Couronnera de fleurs le front de ses héros ?
Mais aux tristes hasards que prépare la guerre,
Opposons constamment notre heureux ministère ;
Et lorsqu'autour de nous tout est ensanglanté,
Consolons par nos soins la triste humanité.

A peine s'avançant au chemin de la gloire,
Les Français, toujours sûrs d'obtenir la victoire,
Font au milieu des airs briller leurs étendards ;
A peine dans les champs leurs bataillons épars
Marchent à l'ennemi qu'ils vont bientôt atteindre,
D'une faible santé pour qui tout est à craindre,
Déjà l'art a prévu les funestes effets ;
Sur elle il a déjà prononcé ses arrêts.
Par lui connus, jugés aux combats inhabiles,
Sont éloignés du camp les guerriers trop débiles ;
Par lui de la valeur connaissant les moyens,
Les chefs ont fait un choix; et de Mars les soutiens,
Ces braves qu'aux drapeaux envoya la patrie,
Robustes, le cœur plein d'ardeur et d'énergie,
Faits pour servir long-tems leur prince et leur pays,
Au rang des vrais guerriers restent enfin admis.
Nous les verrons bientôt au chemin de la gloire,
A travers les dangers, marcher à la victoire.

Jadis, lorsque la France, aux siècles des Bourbons,
Des rivages du Rhin, assise au pied des monts,
A ses voisins jaloux opposait son courage ;
Quand Turenne marchait pour punir un outrage ;
Moins d'obstacle à trouver, d'espace à parcourir,
Facilitait chez nous les moyens de guérir.
Pères de leurs soldats, dont ils soignaient la vie,
Nos Rois, nos Rois, enfans de la même patrie,
Livraient peu de combats, et leurs cœurs bienfaisans
Y rendaient de notre art les secours moins pressans.

Mais depuis qu'élevé sur le vieil hémisphère,
Un aigle conquérant va ravager la terre ;

Lorsque l'Elbe, le Tage et le Tibre à la fois
Voient nos braves soldats entraînés sous ses lois ;
Pour les suivre en ces lieux où toujours renaissantes,
Les chances de la mort deviennent plus fréquentes ;
L'art doit à tout moment, plus ardent, plus soigneux,
Les couvrir dans leur marche et veiller autour d'eux ;
Dans les climats lointains où la valeur les porte,
Succombe quelquefois la santé la plus forte.
Les marais de la plaine, l'air desséché des monts,
Les chaleurs de Madrid, de Moscou les glaçons,
Pour nos jeunes guerriers, de maux source éternelle,
Doivent de jour en jour redoubler notre zèle.

Mais, hélas ! dans ces tems des plus pressans besoins,
Que faisaient de notre art et le zèle et les soins ?
Que pouvions-nous, grands Dieux ! contre l'imprévoyance,
L'affreuse ambition et l'horrible démence ?
Quels moyens de sauver ces cent mille guerriers
Que le froid étendait sur leurs tristes lauriers ?
Et qu'eût fait Esculape en ces longs jours de crimes,
Où la mort entassait victimes sur victimes ?

Muse, n'achève pas de si cruels tableaux,
Ils effaroucheraient nos cœurs et tes pinceaux ;
Suivons ailleurs la tâche et douce et bienfaisante
Que nous impose aux camps l'humanité souffrante.

Pour détruire à l'instant le germe trop fécond
D'un mal que nous légua l'Arabe vagabond,
Bravant des préjugés la fatale puissance,
Sur les pas de Jenner et de l'expérience,
Donnez à nos soldats ce virus innocent,
Ce mal de quelques jours, qui, mêlé dans le sang,

D'un mal contagieux sauve notre existence
Et dérobe à la mort la jeunesse et l'enfance. (1)

Par fois de son pays le tendre souvenir,
Une mère qu'en songe on croit voir et tenir,
Le simple ormeau qui vit nos jeux pleins d'innocence,
Des braves trop souvent affaiblit la vaillance.

Tel parut autrefois aux champs Italiens
Un valeureux essaim de bons Helvétiens :
Un seul chant, un seul air par sa vieille harmonie, (a)
A leurs cœurs attendris rappela la patrie,
Et l'on vit aussitôt ces austères guerriers,
Pour leur pays lointain délaisser leurs lauriers.

C'est l'art qui de ces maux doit offrir le remède ;
L'habile médecin dans son cœur le possède.
La flatteuse espérance et ses tendres erreurs,
La douce illusion, le front orné de fleurs,
Souvent un geste, un mot, le plus simple sourire,
Ont détruit de ce mal le redoutable empire.

Mais si vous ne pouvez, épuisant vos secours,
Malgré l'art et vos soins, répondre de leurs jours ;
Quand de leur sort futur votre ame est alarmée,
Désignez, sans retard, aux chefs de leur armée,
Ceux de qui la santé n'offre qu'un faible espoir (b)
Et languit dans les camps, où souffre de les voir
La sainte humanité dont vous êtes les prêtres.
Au devoir, à l'honneur vous vous montreriez traîtres,
Si, ne pouvant à Mars conserver un soldat,
Vous laissiez perdre un homme, un sujet à l'État.

_____

(1) La vaccine.

Au

Au sein de sa famille, aux bords qui l'ont vu naître,
Il vivra dans les soins de son travail champêtre ;
Il servira toujours la patrie et son Roi ;
Tandis que, courageux, robustes, sans effroi,
Mille autres aux combats, portant la tête altière,
Offriront de leurs corps l'invincible barrière.

Vous donc qui les suivez dans de lointains pays,
Ces guerriers aux drapeaux nouvellement admis,
Jeunes gens, de votre art ayez toute la vie,
La science, l'amour et la philosophie ;
Veillez sur leur santé lorsqu'ils vont aux combats,
De vos soins généreux accompagnez leurs pas ;
Nuit et jour auprès d'eux actives sentinelles,
Prévenez leurs besoins ; à vos devoirs fidèles,
Écartez, conjurez jusqu'au moindre danger
Où chaque instant du jour les pourrait engager ;
Consultez du pays les médecins habiles,
Écoutez leurs discours et leurs leçons utiles ;
Du climat connu d'eux vous apprendrez les lois,
Et d'un régime à suivre ils vous diront le choix.

Mais lassés, épuisés, leur marche est suspendue,
Et sur leurs fronts noircis la tente est étendue ;
Ainsi qu'une cité dans le vaste vallon
Le camp s'allonge au loin. Là, votre attention,
Vos soins, votre science encor plus nécessaires,
Dans vous pour ces guerriers doivent montrer des pères.
Hippocrate à la main, reconnaissez les lieux,
L'influence de l'air, et de l'onde et des cieux ;
Aux conseils de l'armée, où votre art vous appelle,
Plaidez de leur santé la cause toujours belle ;

Indiquez à leurs chefs, et faites leur prévoir,
Des alimens, du lieu le funeste pouvoir,
Que des maux à venir, que des épidémies
Ils connaissent par vous les sources infinies,
Et montrez-vous toujours sur ces bords inconnus,
Et riches de talens, et riches de vertus.

    Mais votre art qui ne peut maîtriser la nature,
Des élémens jamais n'arrêtera l'injure,
Et vous ne pourrez rien contre les longs travaux
Et les privations qu'éprouvent nos héros.
Seulement, que les soins d'une sage hygiène,
De la précaution que la loi souveraine,
Balancent les malheurs et retardent, du moins,
Les maux multipliés qui naissent des besoins.
Du milieu de leurs camps, où la nuit les entasse,
Des feux brûlans du jour où leur devoir les place,
Par un fatal contraste, un dangereux excès,
Mille germes de maux, sur-tout chez nos Français, (c)
Pour affaiblir leurs corps s'exhaleront sans cesse,
Et la fièvre, au teint blême, à la marche traîtresse,
Viendra, n'en doutez pas, attaquer sur ces bords
Ceux qui, des ennemis, ont bravé les efforts.
Nul abri, nuls remparts, nuls forts, nulle défense,
De cet enfant du Styx n'arrêtent la puissance;
Ingénieux Protée, en diverses façons
Il viendra ravager nos brillans bataillons.

    Déjà d'un crêpe noir et d'un cyprès funèbre
Je vois couvrir ce camp valeureux et célèbre :
La mort, l'affreuse mort, déjà de rang en rang,
Comme un serpent hideux, se prolonge, s'étend;

Et le chef des guerriers, lui que rien n'épouvante,
Se retire, gémit et languit dans sa tente ;
La gloire des Français voit ses lauriers pâlir ;
La victoire, à regret, loin d'eux va bientôt fuir.

Tels ces coursiers fougueux que la valeur entraîne,
Et qui, remplis d'ardeur, s'élancent dans l'arène ;
Atteints d'un mal secret, le front triste, baissé,
S'arrêtent dans leur course, et le corps affaissé,
L'œil morne, sans ardeur, roulent dans la poussière.

De nos guerriers nouveaux exauce la prière,
Puissant Dieu d'Épidaure, et viens à leur secours ;
Au nom de mon pays, prends pitié de leurs jours,
Viens les rendre aux combats, à l'honneur, à la gloire,
Et qu'enfin la paix soit leur dernière victoire.

C'est à vous, ses enfans, ses ministres chéris,
C'est à vous seuls qu'ici ce miracle est promis.

Déjà de son grand prêtre, au front calme et paisible,
Un coup-d'œil a suffi. De ce fléau terrible
La cause reconnue aura bientôt cessé.
Auprès de lui, sans cesse inquiet, empressé,
Le chef de nos soldats conjure sa science,
Et remet à ses soins la fin de leur souffrance.

Tels jadis en Aulide, arrêtés par les vents,
Les Grecs sur leurs vaisseaux gémissaient languissans,
Quand la voix de Calchas et son saint ministère
Apaisèrent des vents l'influence contraire.
Ou tel aux bords du Nil qui vit tant de Français
Étonner l'univers de leurs brillans succès,
J'ai vu ce mal affreux étendre son ravage,
Lorsque d'un médecin habile autant que sage,

Le noble dévoûment, la périlleuse ardeur
En arrêta la cause et le cours destructeur.
Desgenettes, ton nom aux fastes de l'histoire,
Dans les siècles futurs s'inscrira plein de gloire,
Et la postérité racontant les combats
Qu'aux plaines de Memphis livrèrent nos soldats,
Y joindra tes bienfaits et dira ton courage
Que n'ont point effacé les guerriers de notre âge. (d)
    Quelles Divinités, à l'aspect consolant,
Bravant mille dangers, ont parcouru le camp ?
Même ardeur, même amour, même soin les rallient,
Les secours sous leurs mains au loin se multiplient :
Aux regards satisfaits du camp émerveillé,
L'onde, l'air et les lieux, tout est purifié,
La contagion cesse et le cède au génie.
Ainsi qu'une onde pure, au fond de la prairie,
Coule en mille ruisseaux, et va porter aux fleurs
La fraîcheur et l'éclat ternis par les chaleurs ;
Tout le camp se ranime : une douce assurance
Dans les cœurs réjouis succède à la souffrance,
Et la santé, la force, une nouvelle ardeur
Ramènent aux combats nos Français pleins d'honneur.
    Cependant l'ennemi de son côté s'avance ;
On se suit, on s'épie, on s'observe en silence ;
Le signal du combat n'est point encor donné ;
Mais déjà de secours l'art s'est environné ;
Et si bientôt le sang coule au gré de Bellone,
De nos guerriers blessés si son char s'environne,
Sur le champ de bataille ils trouveront, du moins,
Des secours réservés à leurs premiers besoins.

De quelques tirailleurs, attaques passagères,
J'entends déjà gronder les foudres meurtrières ;
Dans un bois embusqués, d'intrépides soldats,
De vaillans ennemis ont arrêté nos pas ;
A tant d'ardeur guerrière, à tant de résistance,
Nos bataillons surpris suspendent leur défense ;
Au choc impétueux qu'ils ont à soutenir,
Pour la première fois leur pensée est de fuir ;
Mais bientôt, ramenés, au nom de la patrie,
Ils attaquent soudain la cohorte ennemie ;
On s'approche, on se mêle, et des coups furieux
Ont fait gémir au loin les échos de ces lieux.
Le sang coule à grands flots... Calmez votre furie,
Insensés qui cherchez à vous ravir la vie ;
Hélas ! l'ignorez-vous ? vous êtes tous Français,
Guerriers, vous qui courrez à de tristes succès,
Vous, depuis trop long-tems, qu'on trompe, qu'on égare,
Cessez, cessez, amis, une guerre barbare ;
D'un côté la patrie et de l'autre le Roi,
Divisent, dites-vous, vos cœurs et votre foi !...
Malheureux ! ces doux noms que la valeur rassemble
Bientôt sous vos drapeaux se confondront ensemble ;
Un jour, un jour viendra que ces drapeaux unis
Mêleront pour toujours les lauriers et les lis ;
La France, de HENRI reverra la couronne ;
Nos Rois, ces Rois si bons revivront sur le trône,
Et de ces tristes jours perdant le souvenir,
La patrie et le Roi viendront vous réunir.

Du beau nom de Français, ô puissance suprème !
Charmes délicieux qu'a formés le Ciel même !

Il n'est dans ce combat ni vainqueurs, ni vaincus;
Au courage, à l'honneur, tous se sont reconnus,
Sous des noms différens ils ont mêmes bannières,
Et les blessés nombreux sont soignés par des frères.

Oh! combien dans ce jour je me sentis heureux,
Lorsque des prisonniers m'appelant auprès d'eux,
Je pus, grâce à mon art, soulager leurs blessures,
Et du sort inhumain adoucir les injures!
L'un d'eux versant des pleurs, et me tendant la main:
Me reconnaissez-vous, dit-il, et mon destin
Pourrait-il sur votre ame... ô douce jouissance!
Ce malheureux était l'ami de mon enfance... (e)
Dans les bras l'un de l'autre ensemble confondus,
Et mêlant nos soupirs, nous ne connaissions plus
Qu'un même sentiment, une même patrie,
Et même horreur pour ceux qui l'avaient asservie.
O toi que je sauvai par les soins les plus doux,
Ami, lorsque du sort s'est calmé le courroux,
Des Français aujourd'hui quand la famille entière
Se reconnaît enfin autour d'un Roi son père,
Sans doute à ce bonheur par le Ciel appelé,
Toi-même chérissant ton vœu qu'il a comblé,
Tu vis, et caressé dans les bras de ta mère,
Tu m'attends au vallon où je vis la lumière.
Oui, j'irai te revoir, et dans ce même bois,
Qui fut de nos plaisirs le témoin tant de fois,
Comme des matelots échappés au nauffrage,
Nous pourrons, mon ami, vivre encore au village;
Et bénissant le Ciel qui nous réunira,
Y chérir tous les jours le Roi qu'il nous donna.

De même aux champs du Rhin et de la Germanie,
Immolant son repos à la philantropie,
Percy, plein d'un courage inspiré par son cœur,
Des émigrés français consolait le malheur,
Les sauvait de la mort, et d'une main pieuse,
Les cachant aux regards d'une horde ombrageuse,
Leur donnait en secret tous les soins de son art,
Leur faisait de ses soins un utile rempart;
Et guéris, rassurés, loin de la tyrannie,
Sous les drapeaux du Roi leur rendait la patrie.

   O toi, vaillant guerrier, sous ces mêmes drapeaux,
Qui, volant tous les jours à des périls nouveaux,
Fus, dans les champs d'Augsbourg, laissé presque sans vie,
Que n'as-tu pu survivre à ces tems d'anarchie ?
Tu dirais, Roquefeuille, à la France, à ton Roi,
Ce que dans ton malheur mon art a fait pour toi :
Au lieu de vils bourreaux, d'ennemis sanguinaires,
Dans tous nos chirurgiens tu ne vis que des frères,
Et Percy t'accueillant, te pressant dans ses bras,
Te consola, du moins, aux portes du trépas. (*f*)

   Mais par les soins constans du grand art que je chante,
Grâce au zèle où se plaît l'humanité touchante,
Déjà de nos guerriers les jours sont conservés,
Du mal qui les poursuit ils sont déjà sauvés,
Et les premiers blessés ramenés à la vie,
Bénissant les secours qu'offre la chirurgie,
Déjà vers l'ennemi retournent satisfaits
Avec d'autres périls chercher d'autres succès.

   Tels sont à chaque instant, par les enfans d'Hygie,
Les services nombreux rendus à la patrie.

Pour de si beaux succès quels seront nos lauriers !
O France, ô mon pays ! serons-nous les derniers
Auxquels dans ton bonheur, dans ta reconnaissance,
On te verra donner le prix de la science ?
Non, tu n'oublieras pas dans tes prospérités
Ces gens de l'art chez toi si justement vantés,
Ces nombreux médecins, prodigues de leur vie,
Ces zélés citoyens, ces hommes de génie,
Eux dont tes ennemis, tant de fois dans leurs camps,
Ont envié l'ardeur, les soins et les talens :
Trop long-tems oubliés dans leur saint ministère
Par le coupable auteur d'une funeste guerre,
Sous la main de nos Rois, aux jours où nous vivons,
Les palmes de l'honneur vont couronner leurs fronts.

Ainsi, de nos guerriers, le soutien et le père,
L'honneur des chirurgiens, leur gloire toujours chère,
Paré, le bon Paré, dans les murs de Paris,
De son art bienfaisant jadis reçut le prix.
Digne ami de ses Rois, dont il aimait la gloire,
De leurs tristes combats il consola l'histoire ;
Sous un règne de trouble et de divisions,
Il fit de nos soldats les consolations ;
Lorsque le sang français inondait la patrie,
Il dut à ses talens sa fortune et sa vie ;
Aux jours d'un fanatisme exécrable, inhumain,
Coligny succombait sous son glaive assassin,
Et Paré, protégé par la reconnaissance,
De l'art qu'il professait obtint la récompense ; (g)
Tel on vit chez les Grecs justes et bienfaisans,
Hippocrate payé de ses rares talens.

Muse, rappelle-nous ces longs jours de misère,
Ce siècle désastreux qui vit jadis la terre
Gémir, se dépeupler sous le triste fléau,
Dont sur-tout l'Ionie offrit le noir tableau ;
Du grand homme de Cos dis-nous la bienfaisance,
Le noble dévoûment, le zèle, la science,
Et le prix immortel qu'à cet ami des Dieux
Athènes décerna dans ses remparts heureux.

Par ce fléau funeste, Athènes ravagée,
Sur des tombeaux ouverts gémissait affligée ;
La peste, assise au haut de ses vastes remparts,
Frappait ses habitans mourant de toutes parts :
Ces bords délicieux qu'un doux soleil colore,
L'haleine du Zéphir, l'air même d'Épidaure,
Les vergers, les coteaux, tout devenait impur,
Tout y portait la mort sous un beau ciel d'azur :
Des malheureux mortels saint et dernier asile,
Les autels devenaient un refuge inutile,
Et les Dieux, les Dieux même, invoqués tous les jours,
Pour cet horrible mal n'avaient point de secours.
Le fils trouvait la mort sur le corps de son père ;
L'enfant naissant mourait sur le sein de sa mère ;
Dans les bras l'un de l'autre ensemble confondus,
Les époux succombaient pêle-mêle étendus ;
Les débiles vieillards, la robuste jeunesse,
Frappés du même coup, périssaient dans la Grèce ;
Le malheur dans les cœurs étouffait la pitié ;
La douce voix du sang, les droits de l'amitié,
L'amour, tout s'éteignait dans ce fléau terrible ;
De morts et de mourans, un tas affreux, horrible,

Gissait de toutes parts, au milieu des chemins,
Sur le seuil des maisons, sous les portiques saints :
Athènes n'était plus qu'un vaste cimetière
En horreur à l'Attique, à l'Ionie entière ;
Les cris du désespoir, les soupirs de la mort
Étaient seuls entendus sur ce funeste bord,
Et les vents en courroux soufflant sur le Pyrée,
Semblaient de tout secours interdire l'entrée.

Quels Dieux enfin, touchés du malheur de ces lieux,
Quels Dieux feront cesser ce fléau désastreux ?
Qui fermera la tombe où s'engloutit Athène ?...
Hippocrate lui seul. Sa science certaine,
L'amour de la patrie, un noble dévoûment
Vont mettre un terme aux maux où gémit l'Orient ;
Grand prêtre d'Apollon, seul appui de la Grèce,
Il avance, il pénètre en ces lieux de tristesse ;
Seul debout, au milieu de cadavres vivans,
Il arrête sur eux ses regards pénétrans ;
Leurs bras qu'avec effort soulève la souffrance,
De son art merveilleux implorent la puissance.

Doux espoir du malheur, non, tu n'es point déçu,
Du grand homme de Cos le pouvoir inconnu
A versé dans Athène un baume salutaire ;
Le malade à sa voix a rouvert sa paupière ;
Sous son habile main par l'art administrés,
Se répandent au loin des secours assurés.

Comme à l'aspect du jour qui renaît sur la terre,
Le brouillard de la nuit tombe en vapeur légère :
Telle qu'une ombre aux bords de l'Achéron bourbeux
Fuit à l'aspect du juste arrivé dans ces lieux ;

Par ses soins, sa science et son art arrêtée;
La mort devant ses pas s'enfuit épouvantée,
De la triste cité qui reçoit ses secours,
Le grand homme parcourt les différens détours;
Chaque jour devant lui renaissent à la vie
Ces citoyens heureux de revoir la patrie;
Et Minerve, en son temple où brûle un pur encens,
Applaudit au héros qui lui rend ses enfans.

Héros chers à la Grèce, à son antique histoire,
Vous par elle placés au temple de mémoire,
Bien au-dessus de vous Hippocrate élevé
Vivra dans son pays que son art a sauvé.
Vengeurs de la patrie, et son appui fidèle,
Oui, sans doute, vos bras ont beaucoup fait pour elle :
Platée, et Salamine, et Leuctre, et Marathon
Jusqu'au plus haut des Cieux ont porté votre nom;
Déjà récompensés par l'orgueil des conquêtes,
Vos palmes, du dieu Mars ont embelli les fêtes;
Mais votre char de gloire emporté jusqu'aux cieux,
N'a-t-il pas, tout sanglant, fait un outrage aux Dieux,
Aux Dieux dont les humains sont le plus bel ouvrage,
Et qui de vos combats n'ont pas fait leur partage ?
Les remparts que Minerve a couverts d'oliviers,
Sans doute n'ont jamais dédaigné les lauriers :
Thémistocle est encor l'honneur de l'Ionie;
Mais l'intrépide ami de la philantropie,
Le vrai sauveur d'Athène est bien au-dessus d'eux, (1)
Par son art, ses bienfaits et ses soins généreux.

_____

(1) Opinion de Montaigne.

Aussi le peuple entier dans sa reconnaissance,
Lui décerna du bien la douce récompense :
Un autel pacifique, un marbre attendrissant,
Furent de ses remparts le plus bel ornement,
Et le nom d'Hippocrate élevé par la gloire, (*h*)
Auprès des Dieux d'Athène enrichit son histoire ;
Jusques aux bords de l'Inde, à l'oreille des Rois,
Son grand nom, ses talens éprouvés tant de fois,
Son art ont retenti. L'Asie émerveillée
Tente de le ravir à la Grèce enviée ;
Du fond de l'Orient envoyé près de lui,
L'ambassadeur d'un Roi demande son appui;
Il vient à ses regards étaler les richesses,
La gloire, les honneurs, le rang et les largesses
Que prodigue le trône à des noms éclatans :
« Remportez vos trésors ; dites à vos tyrans
» Qu'Hippocrate, né libre, est tout à sa patrie. »

　　D'un enfant de la Grèce, ô grandeur inouie !
Prodigieux effet d'un noble dévoûment !
Hippocrate, combien à ton rare talent
L'amour de la patrie ajoute encor de charmes !
Contre ses ennemis Athène est sans alarmes,
Puisqu'elle a dans son sein des sages, des héros,
La liberté, les arts et l'oracle de Cos.

　　　　　Fin du Chant deuxième.

NOTES

DU CHANT DEUXIÈME.

ᴧᴧᴧᴧᴧᴧᴧᴧᴧᴧᴧᴧᴧᴧᴧᴧᴧᴧ

(*a*) PAGE 32 , VERS 9.

Un seul chant, un seul air, par sa vieille harmonie,
A leurs cœurs attendris rappela la patrie.

On connaît l'effet d'une vieille chanson patriotique appelée le *Rauz des Vaches*, sur un régiment suisse qui se trouvait dans le royaume de Naples ; ces bons montagnards ne purent résister à l'attrait de cet air, qui, chanté par hasard à 200 lieues de leur patrie, leur rappelait les fêtes de la jeunesse, les jeux de l'enfance, et tous les plaisirs si doux que l'homme goûte aux lieux qui l'ont vu naître ; l'effet en fut si puissant, que ces vieux et fidèles soldats abandonnèrent leurs drapeaux, et s'acheminèrent vers la Suisse.

(*b*) PAGE *ibid*, VERS 18.

Désignez, sans retard, aux chefs de leur armée,
Ceux de qui la santé n'offre qu'un faible espoir.

C'est sur-tout dans les derniers tems de nos guerres désastreuses que ces abus ont été portés à leur comble ; le besoin d'hommes était si grand pour un gouvernement toujours avide de conquêtes, que dans les conseils de recrutement, dans les régimens, dans les hôpitaux, les réformes étaient devenues d'une difficulté désespérante ; les instructions ministérielles étaient si sévères à ce sujet, que la faiblesse de tempérament, les difformités n'exemptaient pas toujours les malheureux que la fatale conscription appelait aux armées. En vain des officiers de santé courageux plaidaient la cause de ces infortunés, en plaidant celle de l'État qui ne veut que des défenseurs robustes ; leur voix se perdait dans le désert, et ils avaient la douleur de voir périr dans les hôpitaux des hommes qui, renvoyés dans leurs foyers, auraient vécu pour leur famille, pour l'agriculture, les arts ou le commerce : heureux encore ces officiers de santé, s'ils n'étaient pas accusés de vénalité, et d'une intelligence intéressée avec ceux dont ils plaidaient si justement la cause.

(c) PAGE 34, VERS 18,

Pat un fatal contraste, un dangereux excès,
Mille germes de maux, sur-tout chez nos Français,
Pour affaiblir leurs corps s'exhaleront sans cesse.

La confiance dans sa santé, l'imprudence, l'intempérance quelquefois,
le mépris des précautions sanitaires, voilà des causes de maladies qui
appartiennent au soldat français plus qu'à tout autre ; il est du devoir des
chirurgiens de les écarter par leur surveillance, leurs instructions, et les
avis qu'attendent d'eux les chefs des corps. Ce sont, peut-être, là les
plus importantes fonctions de notre art auprès des régimens. Nous devons en général y faire, y conseiller tout ce qui tient à l'hygiène ; et
c'est souvent de l'oubli de ces précautions que naissent les maladies qui
conduisent nos soldats dans les hôpitaux. Dans une caserne, un chirurgien doit avoir l'œil à tout, et y faire constamment la médecine pré-
servative.

(d) PAGE 36, VERS 8.

Y joindra tes bienfaits et dira ton courage
Que n'ont point effacé les guerriers de notre âge.

Pour calmer les inquiétudes de nos soldats, agir sur le moral (action
si puissante en médecine), le savant médecin de l'armée d'Égypte
s'inocula la peste, à la connaissance de toute l'armée ; sans doute
qu'il prit des précautions pour atténuer et affaiblir l'effet de ce terrible
virus, à l'exemple du médecin Valli, à Constantinople, dont je parlerai
dans la suite ; mais néanmoins quel courage, quel beau dévoûment
dans une expérience si hasardeuse !

(e) PAGE 38, VERS 12.

Ce malheureux était l'ami de mon enfance...

Ce fait, à quelques détails près, m'a été personnel à la retraite de
Naples, sous les murs de Modène, dans le combat où le général
Magdonal fut blessé de plusieurs coups de sabre à la tête, en chargeant
un régiment autrichien où se trouvaient des émigrés, dont quelques-uns
prisonniers et blessés vinrent à l'ambulance, en général, à l'époque
même où une loi barbare faisait fusiller tout émigré *pris les armes à la*

main, ces malheureux trouvaient dans nos ambulances, outre les soins les plus attentifs, des appuis et des protecteurs contre la loi cruelle qui les poursuivait ; et comment, en effet, ceux de nous qui leur donnaient des soins, qui calmaient leurs blessures, ne se seraient-ils pas intéressés à leurs destinées futures ! Comment bien guérir des maux physiques, sans adoucir au moins ceux de l'ame ! Personne n'est plus compatissant que l'homme bien né, accoutumé à voir le malheur ; et les grands ne sont durs que parce qu'ils ne voient point la misère, car la voir, c'est déjà la sentir ; et là s'applique ce beau vers que fit le cœur de Virgile :

Non ignara mali, miseris succurrere disco.

(*f*) PAGE 59, VERS 20.

Tu dirais, Roquefeuille, à la France, à ton Roi,
Ce que dans ton malheur mon art a fait pour toi :
Au lieu de vils bourreaux, d'ennemis sanguinaires,
Dans tous nos chirurgiens tu ne vis que des frères,
Et Percy t'accueillant, te pressant dans ses bras,
Te consola, du moins, aux portes du trépas.

Au commencement de notre guerre de la révolution, M. Percy, alors chirurgien en chef de l'armée du Rhin, ne laissa passer aucune occasion de prodiguer ses soins et son zèle aux prisonniers blessés de l'armée royale de Condé, entre autres dans les combats devant Augsbourg, Biberach-sur-le-Lech, où ne consultant que sa philantropie et son cœur véritablement français, bravant la surveillance des représentans du peuple ; il sauva un grand nombre d'émigrés français qui allaient périr dans un lac, en opéra ou pansa près de 200, cachés par son industrieuse charité dans les caves et les greniers du couvent des Franciscains. M. le comte de Roquefeuille étant blessé mortellement, tomba au pouvoir des Français. Il fut porté à l'ambulance, soigné par nos chirurgiens et par M. Percy lui-même, comme un frère, un ami. Il eût été peut-être sauvé, si M. Percy fut resté quinze jours de plus à Augsbourg, où ce brave avait été déposé. Mais l'armée française étant forcée de battre en retraite, le malade fut remis aux soins des chirurgiens de l'armée royale, qui ne purent l'empêcher de mourir. C'est peut-être pour cette belle action que M. Percy fut arrêté pour la 3.e fois comme *suspect*, dans ces tems où la probité elle-même était suspecte.

Il est doux pour la chirurgie d'avoir à se rappeler de pareilles actions,
dans un tems où il était si dangereux de se montrer compatissant envers
les malheureux proscrits. Eh ! pourrait-on être vraiment digne d'un si
bel art, si l'on ne possédait pas ces doux sentimens d'humanité et de
compassion ! L'officier de santé doit toujours se dire à lui-même dans ses
fonctions : *Tros rutulusque fuit, nullo discrimine habebo.* Les dissentions
civiles n'ont rien à faire avec notre art.

(g) PAGE 40, VERS 28.

Et Paré, protégé par la reconnaissance,
De l'art qu'il professait obtint la récompense.

Ambroise Paré fut chirurgien de HENRI II, FRANÇOIS II, CHARLES
IX et HENRI III. La cure d'une blessure du duc Daumale, qui avait
reçu un coup de lance, dont le fer entrait par l'angle de l'œil droit et
sortait près de l'oreille, commença sa réputation. Comme il était hu-
guenot, CHARLES IX l'enferma dans sa chambre pendant le massacre
de la Saint-Barthelemi, en disant qu'*il n'était pas raisonnable qu'un qui
pouvait servir à tout un petit monde, fût ainsi massacré.*

(h) PAGE 45, VERS 5.

Et le nom d'Hippocrate, élevé par la gloire,
Auprès des Dieux d'Athène enrichit son histoire.

La peste d'Athènes régnait au commencement de la guerre du Pélo-
ponèse. Hippocrate, pour les services qu'il rendit alors à cette ville,
y obtint le droit de bourgeoisie, une couronne d'or, l'initiation aux
grands mystères, une statue, etc.

Artaxercès Longuemain lui offrit des sommes considérables, et les
honneurs qu'on décerne aux princes, pour le faire venir à sa cour. Le
grand homme répondit qu'*il devait tout à sa patrie* et rien aux étrangers.

« Les plus vastes empires ne pourront pas disputer à la petite ville de
» Cos la gloire d'avoir produit un homme le plus utile à l'humanité ; et
» aux yeux des sages, les noms des plus grands conquérans pâliront
» devant Hippocrate ». (Voyage du jeune Anacharsis.)

Fin des Notes du Chant deuxième.

HYGIE

HYGIE

ou

L'ART DE GUÉRIR

AUX ARMÉES.

4

ARGUMENT

DU TROISIÈME CHANT.

~~~~~~~~~~~~~~~~~~~~

UNE bataille. — Disposition des secours de la chirurgie. — Formation des ambulances. — Description d'une ambulance légère. — Courage, intrépidité des chirurgiens sur le champ de bataille. — Épisode de l'un d'eux, tué en pansant un blessé. — Marouzeau, Vergès blessés. — Dévoûment rare d'un chirurgien en Espagne. — Zèle, vigilance du chef. — Éloge de M. Percy. — Hôpitaux à la suite. — Le général en chef est blessé. — Inquiétude; douleur de l'armée. — Percy lui donne ses soins; il est guéri ; joie de l'armée; triomphe de l'art. — Le lendemain d'une bataille. — Les chirurgiens parcourent le champ de cette bataille, en enlèvent les blessés. — Différens tableaux du malheur. — La chirurgie sauve la vie à beaucoup de blessés abandonnés. — Soins, zèle, dévoûment dans les hôpitaux de la part de tous les citoyens. — Le général vient visiter les blessés ; sa satisfaction, ses éloges de l'art et ses récompenses envers ceux qui l'exercent. — Description d'un siége. — Les chirurgiens à la tranchée. — Belle-Isle à Exilles. — Multitude considérable de blessés transportés à Briançon. — Dévoûment sublime d'une jeune dame qui périt en leur portant des secours.

—•—

HYGIE

OU

L'ART DE GUÉRIR AUX ARMÉES.

CHANT TROISIÈME.

La nuit a disparu ; l'étoile pâlissante
Va cacher dans les cieux sa lumière tremblante ;
La lune jette au loin ses feux doux et mourans ;
Il n'est pas jour encor : tout au milieu des champs,
Tout dort, et du sommeil les séduisans mensonges
Règnent sur les mortels consolés par des songes.
Déjà de nos guerriers les nombreux bataillons
S'étendent dans la plaine et couvrent les sillons.
Immobiles, serrés, sur leurs têtes altières
Les vents avec molesse agitent les bannières ;
Le signal est donné ; par leur bruyant éclat
Mille tambours au loin annoncent le combat.
Nos artilleurs joyeux, aux champs qu'elle colore,
Par cent foudres d'airain ont salué l'aurore,
Et des coteaux voisins qu'ont éclairés ses feux,
L'astre éclatant des jours, jusqu'au plus haut des cieux,
Fait jaillir les éclairs de nos armes brillantes.
Les regards attachés sur ces masses mouvantes,
Sur ces forêts d'acier, réfléchissant le jour,
Le laboureur tremblant fait des vœux tour à tour

Pour son Roi, son pays et la fin de la guerre.

De Percy les enfans, à la voix de leur père,
S'avancent avec ordre ; à leurs côtés placés
J'aperçois les secours par ses soins amassés,
Les instrumens que l'art donne à leur ministère,
Les fils adoucissans et le lin salutaire,
Le précieux breuvage offert à la douleur,
Le baume bienfaisant, le lit consolateur (a)
Où viendra reposer, sanglant, presque sans vie,
Le guerrier valeureux, blessé pour la patrie.

Tels étaient les doux soins que donnaient aux soldats
Et Turenne et Moreau s'avançant aux combats ;
Le jour d'une bataille, hélas ! toujours sanglante,
Telle était de nos Rois la bonté prévoyante.

Ainsi, dans les dangers qui menacent ses jours,
Pour ses besoins futurs amassant des secours,
Une mère qui voit, pour un lointain voyage,
Partir un fils aimé, l'espoir de son vieil âge,
Pourvoit à tout, voit tout, dispose jour et nuit
De ses soins assidus le précieux produit ;
Elle cache sa peine, et sa main tutélaire
Y joint, pour conserver une santé si chère,
Un baume dans les maux qui sera son appui,
Dans les maux qu'il n'a pas, mais qu'elle craint pour lui.

Jeunes, forts, courageux, les uns à l'avant-garde,
S'avancent d'un pas ferme : un Dieu qui les regarde,
Esculape applaudit et verse dans leurs cœurs,
Pour des devoirs nouveaux, de nouvelles ardeurs.
Les autres plus tardifs, mais non pas moins habiles,
Tout près des combattans sont placés immobiles.

Au penchant des coteaux que Mars va ravager,
Est un vieux monastère à l'abri du danger;
Là, près du général, à sa tente appuyée,
Forte de sa bannière en ces lieux déployée,
L'humanité dispose et réserve aux blessés
Des secours plus certains, des soins mieux amassés :
De la religion, l'auguste et saint asile,
Du malheur dans ces lieux devient le domicile;
Et Dieu, qui des humains n'a pas créé les maux,
Au pied de ses autels leur donne le repos;
Esculape avec joie y retrouve son temple.
    Mais de ses chers enfans, et l'élite et l'exemple,
Véritables soldats marchant au champ d'honneur,
Un escadron léger, plein de zèle, d'ardeur,
Monté sur des coursiers, court et se précipite
Au sein des combattans que la fureur agite.
Là, calmes, réfléchis et bravant mille morts,
L'humanité redouble et soutient leurs efforts :
De la vie ils ont fait un noble sacrifice,
Il n'est dans les dangers rien qui les ralentisse;
Auprès de nos soldats ils volent empressés;
A peine dans les rangs les ont-ils vu blessés,
A peine tombent-ils, soudain ils les soutiennent;
Tout sanglans, tout meurtris, du combat les emmènent,
D'une main diligente ils arrêtent leur sang,
Et les livrant aux soins d'un hospice ambulant,
Revolent au milieu des feux et du carnage,
Chercher d'autres blessés que sauve leur courage.
    Mais j'aperçois Bellone au sein des combattans,
Elle gémit de voir des mortels bienfaisans

Remédier aux maux qu'à sa suite elle traîne ,
Et semer des secours sur son affreux domaine.
Eh quoi ! de mon empire , insolens destructeurs ,
Dit-elle , les verrai-je au sein de mes fureurs ,
Impunément braver mon bras et ma puissance ?
Mes coups ne pourront-ils attaquer leur science ?
Souffrirai-je Esculape et ses nombreux enfans ,
Prodiguer tant de soins sur mes pas tout sanglans ?
Non : qu'ils aillent régner aux autels d'Épidaure ;
Bellone est dans ces lieux la seule qu'on adore.
Elle dit : aussitôt de son bras furieux
Elle choisit , dispose et dirige contr'eux
La foudre qui , fidèle à sa voix inhumaine ,
Les frappe , les étend sur la sanglante arène ;
La cruelle , de loin , sourit à leur trépas ,
Et marque de leur sang la trace de ses pas.
Du bonheur des mortels , ô barbare ennemie !
Sous ses coups redoublés beaucoup perdent la vie ;
D'autres bien plus nombreux , quand par eux consolés ,
S'éloignent de ces bords nos guerriers mutilés ,
Mutilés à leur tour , roulent dans la poussière ,
Et de leur art en vain cherchent le ministère. (*b*)
Ainsi tomba le jeune et savant Marouzeau,
Ainsi tomba Vergès ; Vergès qu'un sort nouveau
A depuis consolé , quand le Dieu de la guerre
D'Esculape joyeux en fit le secrétaire. (1)
    Mais , ô spectacle affreux ! coup funeste du sort !
L'un d'eux dans le combat, par un sublime effort,

_____

(1) Secrétaire du conseil de santé.

Va sauver d'un guerrier la glorieuse vie :
Le trait est retiré : la blessure adoucie,
A cet enfant de Mars promet encor des jours.
La douleur suspendue est le premier secours ;
Un discours consolant ajoute à l'espérance
Qu'il a d'offrir encor tout son sang à la France ;
Sous une habile main le sang est étanché ;
Sur son corps défaillant l'homme de l'art penché
Cherche à le relever : ... un boulet homicide
A traversé les airs, et de son coup rapide
Frappe, écrase et disperse au loin vers les coteaux,
De ces deux malheureux les membres en lambeaux.

O sainte humanité, dans l'ardeur qui t'anime
As-tu jamais connu de plus noble victime ?
Oui : sur les bords du Tage, un plus beau dévoûment,
Un fait plus grand encor, plus noble, plus touchant,
D'un jeune homme à jamais consacrera l'histoire,
Et de la chirurgie embellira la gloire.

Bonnet (tel est le nom de ce jeune héros),
Dans ces lieux où n'est plus ni bonheur ni repos,
Soulageait nos Français dans leur longue souffrance.
Au fond de la Castille, en un lieu sans défense,
Vingt officiers blessés, remis entre ses mains,
Voyaient par ses secours s'adoucir leurs destins ;
Il était jeune encor, mais ses soins, sa science,
Lui méritaient des chefs l'entière confiance ;
Une simple maison était l'hospice heureux
Où seul il consolait ces guerriers valeureux.
Déjà, grâce à son art, à son cœur noble et tendre,
Ces braves à la vie avaient droit de prétendre ;

Bientôt, par un prodige échappés au trépas ,
Ils concevaient l'espoir de revoir les combats ;
Quand tout-à-coup, poussé par la haine barbare ,
Un peuple mutiné, que l'injustice égare, (c)
S'assemble, se grossit sur mille points divers ,
Et des cris de la mort fait retentir les airs.
Les Castillans , jadis d'un si noble courage ,
Égorgent sans pitié , sur ce triste rivage ,
Tout Français que le sort abandonne à leurs coups ;
Le plus faible est l'objet de leur lâche courroux.
Ils marchent vers l'asile où Bonnet, sans défense ,
Offrait à ses blessés la plus douce espérance ;
Ils entourent ce lieu qu'habite la douleur ,
Lieu sacré que toujours respecta la valeur.
Présage de la mort , avant-coureurs des crimes ,
Leurs sombres hurlemens demandent des victimes ;
Jusqu'au fond de l'hospice ont retenti leurs cris.
Bonnet de ses blessés veut calmer les esprits ;
Mais sur leur sort futur nul d'entr'eux ne s'abuse ,
A périr dans son lit aucun ne se refuse :
—Ainsi le veut le sort qui nous tient désarmés ;
Nous périrons, Bonnet ; mais si vous nous aimez,
Pourquoi, par vos dangers, augmenter nos alarmes ?
Que faites-vous ici ? couvrez-vous de vos armes ;
Fuyez, ô notre ami , fuyez loin de ces lieux,
Disaient au chirurgien ces Français généreux ;
Nous n'avons plus besoin de secours, d'espérance ;
Vos devoirs ont cessé, fuyez, la mort s'avance.
—Qui ? moi vous délaisser ! moi fuir loin de ces lits
Où la douleur enchaîne et retient mes amis ,

Où des monstres cruels, dans un instant, peut-être,
Sur vos corps mutilés... ! Apprenez à connaître
Ce que peuvent sur moi le devoir et l'honneur :
Non : je meurs avec vous. — O spectacle d'horreur !
Sous des coups redoublés l'enceinte est enfoncée,
La bande d'assassins déjà s'est avancée ;
Sous leurs bras furieux le sang coule à grands flots.
Dans leurs lits égorgés, quinze de nos héros
Mêlent dans les tourmens qui finissent leur vie,
Le nom du chirurgien au nom de la patrie ;
Le reste retranché dans un autre réduit,
Attend avec Bonnet la mort qui les poursuit.
Là, son meilleur ami, son vieux compagnon d'armes,
Badimont, pour lui seul éprouvait des alarmes.
—Il en est tems encor, trop généreux ami,
Fuis, dit-il : ton devoir ! ne l'as-tu pas rempli ?
Oh, Dieux ! c'est ton amour, c'est ton généreux zèle
Qui t'expose, en ces lieux, à la mort qui m'appelle :
Adieu, pars, sauve-toi ; reçois, hélas ! du moins,
Le seul prix que je puisse accorder à tes soins :
Vis ; telle est, mon ami, ta digne récompense.
Bonnet refuse encor ; ses pleurs en abondance
Coulent sur Badimont... ; il tombe dans ses bras... ;
—Qu'ils viennent : c'est ici que j'attends le trépas.
L'un et l'autre frappés, nous périrons ensemble,
Et je veux que la mort encore nous rassemble.
    Infortunés amis, vous ne vous trompez pas,
Les brigands égarés reviennent sur leurs pas.
Bonnet, dont l'amitié redouble le courage,
Se lève, s'arme, court leur fermer le passage :

Malheureux..., peux-tu seul arrêter un torrent ?
De toutes parts il roule, il gronde...; au même instant,
Sur les blessés gissans au lit de la souffrance,
Mille coups ont mis fin à leur triste existence.
Bonnet voyant périr ses derniers compagnons,
Se dégage, s'élance, et du haut des balcons
Se jette, et va du moins se donner à lui-même
Une mort moins affreuse en ce péril extrême ;
Sur le pavé sanglant il tombe fracassé....

    Au milieu de ce peuple à bon droit courroucé
Par une perfidie et terrible et cruelle,
Un Anglais à l'honneur, à la pitié fidèle,
Passe devant ce corps gissant, défiguré ;
Il commande : aussitôt un char est préparé.
Là sont quelques Français échappés au carnage.
Infortunés ! du moins ils n'ont que l'esclavage :
Là, Bonnet est placé. Quelques légers secours,
Et ses douleurs sur-tout ont ranimé ses jours ;
Il lève avec effort sa tête douloureuse ;
Il ouvre la paupière...; il voit...; fortune heureuse !
Miracle inattendu pour son généreux cœur !
Il voit à ses côtés son ami du malheur,
Badimont étendu, mais respirant encore.
Est-ce un songe, une erreur ? Juste Ciel que j'implore,
Aurais-tu conservé cet ami courageux ?
Son cœur, hélas ! à peine en peut croire ses yeux,
D'une voix défaillante il le nomme, il l'appelle ;
Et malgré sa faiblesse et sa douleur cruelle,
Badimont a sur lui tourné ses yeux mourans ;
Il voit son bienfaiteur, et ses bras défaillans,

Pour en bénir les Cieux, se soulèvent à peine ;
C'est tout ce qu'il peut faire : égarée, incertaine,
La vie est dans son cœur un souffle si léger,
Que tous les mouvemens pour lui sont un danger.

   O généreux amis, malgré votre faiblesse,
Après tant de périls, connaissez l'alégresse ;
En dépit de la mort vous êtes réunis.

   Tous deux sur les vaisseaux de leurs fiers ennemis,
Transportés dans leur île, et renaissant ensemble,
Bénissent l'esclavage où le sort les rassemble ;
Enfin, après deux ans, de leur captivité
Se sont brisés les fers ; ils ont la liberté.
Tous les deux réunis au sein de leur patrie,
Encor sous les drapeaux de la valeur chérie,
Donnent à leur pays qu'attendrit la pitié,
L'exemple si touchant de la pure amitié,
Et Bonnet, honorant toujours la chirurgie,
Offre à d'autres guerriers son zèle et son génie.

   Quittons ces sombres bords, tous ces lieux dévastés,
Où, promenant au loin ses flots ensanglantés,
Le Tage à l'Océan, surpris de tant de crimes,
Ne roule que des morts et de tristes victimes ;
Retournons dans ces camps où la seule valeur
Décide la victoire aux plaines de l'honneur,
Où, marchant courageux, tous les enfans d'Hygie,
A de nobles dangers, du moins, offrent leur vie.

   Là, toujours occupé de soins religieux,
Percy, leur digne chef, n'est pas éloigné d'eux ;
Intrépide, attentif, il excite leur zèle ;
Entouré de la mort, mais à son art fidèle,

Il hâte les secours, écarte les dangers.

Comme dans le printems, au fond de nos vergers,
Le matin, des fourmis la nation active,
S'achemine au travail; surveillante, attentive,
L'une d'elle stimule, encourage et conduit
Le bataillon épais qui travaille sans bruit;
Par elle tout s'anime, et s'avance et prospère,
Et la fin de l'ouvrage est son plus doux salaire.

Au jour d'une bataille, ainsi se montre aux siens
Percy, le digne chef, l'honneur des chirurgiens;
Par lui tout est créé, tout s'anime, s'enflamme,
Tout a pris son ardeur et son zèle et son ame.
Des premiers soins de l'art, environnés par lui,
Nos blessés, dont il est le principal appui,
Sont portés sous ses yeux; son aspect les rassure;
Chacun en le voyant ne sent plus sa blessure;
Et formés par ses soins de nombreux hôpitaux,
Leur offrent un asile où finiront leurs maux:
Tandis que de Moreau, le généreux courage,
Plaignant un mal affreux qui n'est pas son ouvrage,
Gémit sur sa victoire, et de tristes lauriers
Baignés des pleurs du peuple et du sang des guerriers.

Tel jadis affligé des malheurs de la guerre,
Fontenoi dans ses champs vit un prince, un bon père
Au milieu des blessés, des morts et des mourans,
De la paix à son fils dire les biens touchans.

Mais tandis qu'en ces lieux l'art se prolonge et veille,
Quels accens douloureux ont frappé mon oreille?
Quel mouvement, quel bruit au milieu du combat,
Jusques aux derniers rangs s'étend avec éclat?

Infidèle aux Français, l'injuste renommée
Annonce-t-elle ici les malheurs de l'armée?
Que veulent ces coursiers précipitant leurs pas?
Qu'annonce ce soldat? la pâleur du trépas,
La douleur et l'effroi sont peints sur son visage...;
D'un malheur inconnu quel funeste présage!
Frappé d'un trait cruel, le chef de nos guerriers
S'avance lentement porté sur ses lauriers.

Telles on vit jadis tristes et consternées,
Nos braves légions plaindre leurs destinées,
Lorsque tombant frappé sur le champ de l'honneur,
Turenne à son pays causa tant de douleur.

Viens, ô Percy, c'est toi, toi qu'un grand homme appelle,
Toi ministre d'un art aussi sûr que fidèle,
Cours, vole, fais cesser nos larmes et nos maux;
Ce qu'elle a de plus cher, les jours de son héros,
La patrie en tes mains aujourd'hui le confie;
Sauve-le de la mort, tu sauves la patrie.
Déjà de sa blessure il a vu la largeur,
Sa main en a sondé l'affreuse profondeur.
Tristes, l'air inquiet, les yeux baignés de larmes,
Et le cœur agité des plus vives alarmes,
Sur leur fer appuyés, groupés autour de lui,
Ainsi qu'autour d'un Dieu qui seul fait leur appui,
Les premiers de l'armée attendent en silence
L'arrêt que sur ses jours va porter sa science.
Quel bonheur! quelle ivresse! alors que ces accens
Sont sortis de sa bouche: — Ayez moins de tourmens,
Votre chef guérira, je réponds de sa vie;
Peu de jours le rendront aux vœux de la patrie.

Soudain d'un fer habile, armant sa docte main,
Il agrandit la plaie, et d'un toucher certain
Il recherche, il saisit, tire avec assurance
Le plomb sanglant et lourd qui faisait sa souffrance;
Du sang qui coule encore il arrête le cours,
Et l'espoir des guerriers renaît avec ses jours.

    Hélas! Percy, plus tard auprès de ce grand homme,
La patrie éplorée et t'appelle et te nomme.
Vain espoir! Vains regrets! inutiles soupirs!
Moreau tombe..., et ta main, au gré de nos désirs,
Ne peut sauver des jours précieux à la France;
En vain sa voix mourante invoque ta science;
Il n'est plus..., et son ame, en volant vers les Cieux,
Pour son pays chéri fait encore des vœux;
Pour son pays, jadis embelli de sa gloire,
Où brilla si long-tems le char de sa victoire,
Et qu'aujourd'hui son bras que le destin armait,
Aidait à délivrer du joug qui l'accablait. (d)

    Cependant sur ces bords tout remplis de carnage
La nuit jette son voile; un lugubre nuage,
Même aux regards des Dieux, cache le champ de Mars;
Tout est silence, horreur, et nos soldats épars,
Entourés de la mort, couchés près de leurs armes,
Du sommeil bienfaisant goûtent au moins les charmes.
Seuls, veillant aux besoins de nos blessés nombreux,
Au lit de la douleur incessamment près d'eux,
Les enfans d'Esculape, actifs, infatigables,
Prolongent dans la nuit leurs travaux charitables; (e)
Et le soleil à peine a ramené le jour,
Qu'ils reportent leurs pas vers ce triste séjour,

Parcourent lentement l'affreux champ de Bellone
Qu'a ravagé la mort, que l'horreur environne ;
Suivons-les : auprès d'eux du moins l'humanité
Nous servira d'appui dans ce lieu dévasté.

 O toi, peintre nouveau de la philantropie,
Dont le savant tableau, si cher à la patrie,
Nous rend en traits touchans ces scènes de douleurs, (1)
Le Gros, pour un instant prête-moi tes couleurs ;
Tu n'as pas oublié dans ton sublime ouvrage
Ces chirurgiens zélés sur le champ du carnage,
Qui d'un jour de bataille, adoucissant l'horreur,
Le lendemain encore en deviennent l'honneur.

 Et vous, cœurs généreux, ames compatissantes,
Amis de la pitié ; vous, mères gémissantes,
Vous, sur-tout, qui devez détester les combats, (2)
Laissez couler vos pleurs et marchez sur mes pas :
Voyez des conquérans le cruel apanage ;
Par-tout ce sont des morts, du sang et du ravage ;
Mais non ; fuyez, fuyez cet horrible tableau,
Il n'est pas fait pour vous ; un spectacle nouveau,
L'heureux succès de l'art qu'aujourd'hui je célèbre,
Appelle vos regards sous un ciel moins funèbre ;
Suivez nos chirurgiens dans ces lieux réunis,
Aux pleurs que vous versez ils vont rendre vos fils.

 Quel est ce malheureux, cette noble victime,
Qui, sous leur main savante, et respire et s'anime ?

___

(1) Le lendemain de la bataille d'Eylau, tableau de M. Gros.

(2) *Et bella matribus detestata.* Hor.

C'est un soldat hier laissé parmi les morts ;
Pour s'en débarrasser combien de vains efforts,
De soupirs douloureux ont agité son ame !
De ses jours s'éteignait la fugitive flamme ;
Tout baigné de son sang, mourant de soif, de faim,
Peut-être il accusait son prince et le destin.
L'art vient à son secours, il ferme sa blessure,
Il répare de Mars l'inévitable injure ;
Et ce jeune guerrier, enlevé de ces lieux,
Bénit en même-tems et son prince et les Dieux.

    Quels soupirs ! quels sanglots là-bas se font entendre ?
L'écho même effrayé, l'écho n'ose les rendre ;
Mais des enfans d'Hygie ils sont tous entendus.
Auprès de ce ruisseau, pêle-mêle étendus,
Ce sont d'autres blessés qui, respirant encore,
Cherchèrent à calmer la soif qui les dévore ;
Couchés l'un près de l'autre, et vainqueurs et vaincus,
Par la même souffrance ensemble confondus,
Quoiqu'infecte, bourbeuse et de leur sang rougie,
Hier cette onde, au moins, a prolongé leur vie.
Ils ne périront pas ; j'aperçois leurs sauveurs ;
Ils ont volé près d'eux ; leurs soins réparateurs,
Le zèle, la science ont fermé leurs blessures,
De la longue douleur ont cessé les murmures ;
Et ceux dont Mars hier faisait des ennemis,
Guéris, sauvés par l'art, sont devenus amis. (*f*)

    Plus loin, près d'un coursier étendu sur l'arène,
Quel malheureux s'appuie et se soulève à peine ?
Sous sa pesante armure encore embarrassé,
Son corps faible, abattu, paraît tout fracassé ;

                                              D'une

D'une voix étouffée, et plaintive, et mourante,
Il appelle quelqu'un... O piété touchante !
Il a nommé sa mère, et l'écho douloureux
Murmure ce doux nom dans ce séjour affreux...
Enfant, console-toi, ta plainte est entendue,
D'Esculape sur toi la main s'est étendue ;
Le fil de tes beaux jours qu'allait trancher la mort,
Se rattache à la vie : ami, bénis ton sort ;
Le Ciel, le juste Ciel exauce ta prière ;
Mon art t'a secouru, tu reverras ta mère.

    Avançons dans ces lieux, où l'ange du trépas,
Effrayé, poursuivi, s'enfuit devant nos pas.

    Qui vois-je se traînant au pied de ces murailles ?
D'une main défaillante il soutient ses entrailles,
Et le corps fatigué d'un vain reste de jours,
Il cherche en gémissant un douloureux secours.
Des pleurs, des pleurs amers coulent sur son visage ;
Parfois il se détourne, et triste, il envisage
Un corps dans la poussière étendu près de lui ;
Il semble, en le perdant, perdre tout son appui.
C'était, hélas ! l'ami de sa première enfance,
Son compagnon fidèle aux champs de la vaillance :
Hier, à ses côtés, frappé d'un coup mortel,
Il tomba comme lui ; mais le sort plus cruel
Lui ravit aussitôt tout espoir de la vie ;
L'amitié seule vit sa pénible agonie.
Après avoir reçu dans ces funestes lieux,
Et son dernier baiser et ses derniers adieux,
Gémissant sur la mort de son compagnon d'armes,
Accablé de ses maux, le cœur rempli d'alarmes,

La douleur l'égarait, il n'apercevait plus
Ce lieu saint d'où vers lui nos bras étaient tendus :
Infortuné, ces bras que tu ne pus atteindre
Viennent te secourir ; non, tu n'as plus à craindre,
Tu vivras pour pleurer l'ami digne de toi,
Et pour servir encor ton pays et ton Roi.

   D'où viennent ces vivans, qui du sein de la terre
Semblent autour de moi renaître à la lumière ?
Est-il venu le jour où, du fond des tombeaux,
Les morts sont appelés à des destins nouveaux ?
L'ange du Ciel ici redonne-t-il la vie
Aux mortels qu'à la gloire un Dieu juste convie ?
Non : ces spectres errans, tous ces morts relevés
Sont autant de guerriers que mon art a sauvés :
Oubliés sur le champ qu'ensanglanta la guerre,
Sous des monceaux de morts, privés de la lumière,
Éloignés de secours, ils ont passé la nuit ;
Le jour pourtant à peine et s'annonce et reluit,
Qu'Esculape, escorté de ses prêtres fidèles,
Accourt les arracher à ces plaines mortelles ;
Et retirés par eux des portes du trépas,
Ils reçoivent la vie, emportés dans leurs bras.

   Mais vers nos hôpitaux, où la douleur repose,
Qui marche environné des bienfaits qu'il dispose ?
Guerriers, sauvés par l'art et par nos soins si doux,
C'est votre chef aimé qui s'avance vers vous ;
C'est votre général, l'honneur de la patrie ;
Ses maux et ses douleurs, pour vous il les oublie.
Hier, à ses côtés, animés par l'honneur,
Vous versiez votre sang au champ de la valeur ;

En ce moment il vient voir fermer vos blessures,
Et du sort des combats réparer les injures.
Percy, plein du bonheur que donnent les bienfaits,
De son art dans ces lieux lui conte les succès,
Lui nomme ceux des siens qui, plus prompts, plus habiles,
A nos guerriers blessés ont été plus utiles.
Le héros attendri de ces récits touchans,
Récompense, d'un mot, le zèle et les talens;
Et marchant plein d'ardeur vers une autre victoire,
Bénit un art qui rend des soldats à la gloire.
 Cependant l'ennemi vaincu, désespéré
Devant nos bataillons, dans ses forts retiré,
Derrière ses remparts que protége la foudre,
Se croit en sureté. Pour les réduire en poudre,
Des assiégeans déjà s'avancent les travaux;
La place est investie, et des remparts nouveaux
S'élèvent sous leurs mains, hérissés de tonnerres:
Les feux multipliés, les bombes meurtrières,
Des remparts opposés se croisent dans les airs,
Et la mort vole au loin porter des coups divers;
Au-devant de ces murs s'alonge la tranchée;
Sous les fossés profonds la mine est attachée.
Là, tour à tour placés en face du trépas,
Au milieu des périls, veillant sur nos soldats,
Les enfans d'Esculape appliquent leur science
A soigner les blessés dans leur noble souffrance.
Mais la lenteur sied mal à des guerriers français;
Hardis, impétueux, ils volent aux succès;
Leur ardeur, si connue au milieu des batailles,
S'irrite dans un siége, à l'aspect des murailles;

Tous demandent l'honneur de gravir les premiers
Ces tours, ces bastions hérissés de guerriers.
L'assaut est commandé ; les échelles sont prêtes ;
Et malgré mille feux qui pleuvent sur leurs têtes,
L'un sur l'autre élevés vers ces murs menaçans,
Portés sur des monceaux de cadavres sanglans,
Après un jour entier d'attaque meurtrière,
Sur la ville emportée ils plantent leur bannière.

   Sous des milliers de morts qui comblent les fossés,
Quels bras pourront suffire à chercher les blessés ?
Quel zèle, quelle ardeur, quels soins, quelle science
Pour sauver à l'instant leur multitude immense !
Cependant le soleil brille encor dans les cieux,
De ses rayons encore il console ces lieux,
Et nuls tourmens, nuls cris, pas la moindre souffrance
De ces bords dévastés n'interrompt le silence ;
L'art a suffi par-tout ; l'art a tout conservé,
Et du sang des blessés, ce qui reste est sauvé.

   Paisibles habitans de la France guerrière,
O mes concitoyens, vous dont l'histoire entière
Est celle de la gloire et de l'humanité,
Voyez-vous ces soldats qui, de Mars irrité,
En combattant pour vous, sont tombés les victimes ?
Leur noble dévoûment, leurs actions sublimes,
Les ont portés gissans sur le lit des douleurs.
France, vole au-devant de tes enfans vainqueurs ;
Comme eux, que ton secours soit noble et magnanime.
O sainte et pure ardeur qui l'entraîne et l'anime !
Tous vers nos hôpitaux précipitent leurs pas ;
Leurs soins compatissans vont chercher nos soldats,

Et la débile enfance et la lente vieillesse,
La timide beauté, la brûlante jeunesse,
Tous les états, les rangs, et la ville et la cour,
Visitent des blessés le glorieux séjour.

    Pour augmenter encor du prince les largesses,
Les uns dans cet asile ont porté leurs richesses;
D'autres, le cœur ouvert à la douce pitié,
Du lit de la mollesse ont offert la moitié.
Là, d'un vin généreux, la force bienfaisante,
L'aliment nourrissant d'une table opulente,
Des palais somptueux arrivent étonnés
Aux lieux par les besoins souvent environnés. (e)

    Ici, près de leur mère, au travail réunies,
De pudiques beautés, sensibles, attendries,
Écoutant raconter de glorieux dangers,
Préparent de leurs doigts les fils doux et légers,
Le lin souple, moëlleux, dont l'art doit faire usage.
Ces dons de la pitié, son bienfaisant ouvrage,
Sur l'autel du malheur arrivent abondans,
Comme à l'autel des Dieux, objet de leur encens,
Les peuples de leurs biens apportent les prémices.

    Mais, ô tableau touchant des plus grands sacrifices!
Miracle du courage et de l'humanité!
Une femme, ou plutôt une divinité,
Oubliant sa faiblesse, et son sexe et son âge,
Devint victime un jour de son pieux courage;
Et celle qui sauva tant d'hommes de la mort,
Mourut au milieu d'eux, en bénissant leur sort.

    Muse, raconte-nous l'histoire glorieuse
De cette femme tendre, et noble et généreuse,

Qui, d'un pays lointain, ange consolateur,
De mille infortunés soulagea la douleur;
Qui, s'immortalisant dans une ardeur si belle,
Succomba, jeune encor, victime de son zèle.

Daudifret, oui, ton nom cher à l'humanité
A déjà pris sa place à l'immortalité, (*f*)
Et ton heureux pays, aux fastes de sa gloire,
A gravé pour toujours ta généreuse histoire;
Près du nom de Vincent, du nom de Fénélon,
Déjà la bienfaisance a vu placer ton nom;
Chez nos derniers neveux on dira d'âge en âge,
Ton dévoûment, ton zèle et ton noble courage.

Vers ces monts élevés, qui, jusques dans les Cieux,
Ont porté d'Annibal le nom majestueux;
Au bord de ces torrens, qui, toujours en furie,
Défendent le passage aux champs de l'Italie,
Exille avec orgueil s'élevait sur ses forts,
Et de ses assiégeans bravait les vains efforts.
Un Français, (à ce nom rien ne semble impossible),
Plein d'une ardeur guerrière, intrépide, terrible,
Belle-Isle à résolu d'emporter ces remparts.
A la voix de leur chef, bravant mille hasards,
Audacieux et fiers comme au jour des batailles,
Nos Français ont gravi ces rocs et ces murailles.
Inutile valeur! courage superflu!
Tous les efforts sont vains, et Belle-Isle est vaincu!... (*g*)
Sur les corps tout sanglans de ses compagnons d'armes
Il tombe mutilé. Ses yeux baignés de larmes
Se ferment pour toujours sur tant de malheureux
Qui roulent écrasés sous ces remparts affreux...

De nos soldats blessés la foule est innombrable ;
Mais de nos citoyens le zèle infatigable
Fait cesser leurs besoins et veille sur leurs jours ;
Briançon dans ses murs leur offre des secours.
Les temples, les maisons, l'humble toit des chaumières
Deviennent un asile, où des mains tutélaires
S'empressent nuit et jour à verser sur leurs maux
Des baumes consolans, des soins toujours nouveaux.

Déesse de ces lieux qu'habite la souffrance,
Daudifret oubliant le luxe, l'opulence,
Lorsque son digne époux, secondant ses efforts,
Pour leur soulagement donne tous ses trésors,
Daudifret, que l'hymen doit bientôt rendre mère,
En ces lieux d'infortune arrive la première ;
Son tems, son or, ses soins, ses plaisirs, son repos,
Tout par elle est offert au bien de nos héros ;
Sur leur lit de douleurs incesssamment penchée,
A leur triste chevet, nuit et jour attachée,
De ses pieuses mains Daudifret adoucit
Les blessures dont Mars au combat les couvrit.

D'un sexe charitable, intéressant modèle !
Pouvoir de la vertu ! nos guerriers, auprès d'elle,
Reviennent à la vie, et leur sang valeureux,
Ranimé, rafraîchi par ses soins généreux,
Circule doucement, ainsi qu'une onde pure,
Qui des champs desséchés ranime la verdure.

Du milieu de son temple Esculape étonné,
Croit voir un Dieu lui-même à son culte adonné ;
Et fier de tant de soins qu'il n'a pas vus encore,
Élève Daudifret sur l'autel d'Épidaure.

Mais, ô malheur nouveau dont ce Dieu va gémir!
Coup funeste du sort qui ne peut s'adoucir!
Pour prix de tant d'ardeur, et de soins et de peines,
La mort, ô Daudifret, circule dans tes veines;
Femme trop généreuse, imprudente beauté,
Fuis loin de ce séjour, de cet air empesté;
Retourne à ton époux, tu dois le rendre père;
Va remplir de son cœur l'espérance si chère...
Attente infructueuse! espoir vain et trompeur!
Le mal fait des progrès; déjà de sa pâleur
La mort, l'horrible mort a terni son visage,
L'art n'en peut arrêter le funeste ravage;
Et cet enfant, à qui peut-être, un jour de plus,
Cette mère eût donné son lait et ses vertus,
Ce doux fruit de l'hymen que le trépas délie,
Dans son sein douloureux n'a déjà plus de vie;
Aux yeux de nos guerriers et d'un peuple attristé
Daudifret meurt...; son nom à l'immortalité
S'envole au sein du Dieu qu'implore la misère,
Et qui fit la pitié pour consoler la terre.

Fin du Chant troisième.

NOTES

DU CHANT TROISIÈME.

wwwwwwwwwwwwwwwwwww

(a) PAGE 52, VERS 8.

Le précieux breuvage offert à la douleur,
Le baume bienfaisant, le lit consolateur.

Notre savant chef, M. Percy, dans le 10.ᵉ volume du dictionnaire des sciences médicales, à l'article *despotats, milites despotati*, nous a donné des vues ingénieuses et savantes sur ce que j'appelle ici *le lit consolateur*. L'organisation de ses brancardiers, le mécanisme de l'espèce de lit portatif pour nos ambulances volantes que ces brancardiers peuvent facilement monter et démonter, sont de nouveaux services que ce savant chirurgien rend à l'art de guérir aux armées; ce *breuvage offert à la douleur* serait contenu, selon lui, dans un vase de fer-blanc, ingénieusement placé dans le fond du schakos du brancardier; enfin, tout est prévu dans le projet de notre illustre chirurgien des armées, pour transporter promptement et surement le militaire blessé. Je renvoie le lecteur à cet article du dictionnaire.

(b) PAGE 54, VERS 22.

Mutilés à leur tour, roulent dans la poussière,
Et de leur art en vain cherchent le ministère.

Cinquante chirurgiens ont perdu un membre aux armées, plus de deux cent soixante ont été tués sur le champ de bataille, trois mille ont péri dans l'exercice de leurs fonctions.

(c) PAGE 56, VERS 4.

Quand tout-à-coup, poussé par la haine barbare,
Un peuple mutiné que l'injustice égare.

De toutes les injustices personnelles et politiques, il en est peu, certainement, de plus grandes que celle du dernier Gouvernement français, qui, du château de Marac près Bayonne, a ourdi l'intrigue affreuse qui a détrôné son allié le Roi d'Espagne, et amassé tant de malheurs sur nous et sur ce courageux pays. Sans doute ils étaient bien féroces ces Espagnols , qui , de sang froid , égorgeaient nos malheureux soldats tombés entre leurs mains. Mais qu'il fut coupable l'auteur de cette guerre aussi impolitique qu'elle fut impie ! . . .

(d) PAGE 62 , VERS 18.

Pour son pays , jadis embelli de sa gloire ,
Où brilla si long-tems le char de sa victoire ,
Et qu'aujourd'hui son bras que le destin armait ,
Aidait à délivrer du joug qui l'accablait.

L'histoire impartiale qui juge tous ceux qui ont joué un rôle sur la scène du monde , jugera aussi le général Moreau , et certainement ne l'accusera pas d'avoir porté les armes contre sa patrie... Moreau traître à son pays !... Cette idée est incompatible avec la réputation de vertu qu'il avait si justement acquise aux yeux du monde entier. Non, il n'a pris les armes que contre l'oppresseur de son pays, et sa belle ame a dû gémir des moyens violens et étrangers qui ont amené ce résultat, les seuls pourtant qui pouvaient abattre l'affreuse tyrannie où gémissaient ses concitoyens.

Trasibulle aussi prit les armes contre sa patrie pour en chasser les trente tyrans, et Trasibulle fut mis au nombre des héros d'Athènes. Dion en fit autant à Syracuse , et y jouit des mêmes honneurs. Henri , le bon Henri ne fut-il pas contraint d'assiéger Paris pour y anéantir le parti de la ligue ! Les anglais, armés contre Cromwel, étaient-ils traîtres à leur patrie ! eût-il été coupable celui qui eût renversé Robespierre, les armes à la main ! Moreau , dirigeant par ses conseils des armées étrangères , savait qu'elles ne voulaient point conquérir son pays, mais seulement lui rendre la paix et un Roi légitime qu'appelaient tous les cœurs. Y a-t-il là de la trahison ! Sans doute il eût mieux valu que la France elle-même eût fait cette heureuse révolution ; mais la France le pouvait-elle ! Console-toi, ombre illustre du vainqueur d'Hohinlenden , noble ami, digne élève de Pichegru ; ton pays n'a point été vaincu, et les lauriers de nos braves , ces lauriers que tu cueillis tant de fois toi-même, ombragent encore ta patrie, la consolent de ses longs malheurs,

et sont le plus bel ornement du trône d'un bon Roi, que ton bras a aidé
à relever au milieu de nous.

(e) PAGE 62, VERS 15.

Les enfans d'Esculape, actifs, infatigables,
Prolongent dans la nuit leurs travaux charitables.

Après la bataille de Vagram il y avait trente mille blessés dans les hôpitaux de Vienne. Pendant quinze jours les chirurgiens y furent en per-
manence : on allait dans les salles au point du jour, on n'en sortait qu'à
la nuit ; on y restait constamment, excepté pendant les courts instans
des repas qu'on prenait dans l'hôpital même ; il en était toujours de
même à la suite de toutes nos batailles sanglantes ; aussi un grand nombre
de chirurgiens tombèrent malades et périrent de fatigues. M. Larrey dit
dans son savant ouvrage sur l'Égypte :

« Notre passage à Yàfa fut moins agréable ; la ville était délabrée et
» abandonnée d'une grande partie de ses habitans. Tous nos malades et
» blessés qui avaient voyagé le long de la côte en remplissaient les hôpi-
» taux, le port et les rues voisines. Jamais je n'ai vu un tableau plus dé-
» chirant. Nous passâmes trois jours et trois nuits à les panser ; ensuite
» j'embarquai les plus graves pour Damiette, et fis passer les autres par
» les déserts en Égypte. Il est difficile de se faire une idée des fatigues
» que les chirurgiens de l'armée essuyèrent dans cette circonstance ».

(f) PAGE 64, VERS 26.

Et ceux dont Mars hier faisait des ennemis,
Guéris, sauvés par l'art, sont devenus amis.

Un des beaux caractères de la chirurgie militaire, et sur-tout de la
chirurgie française, ce sont les soins qu'elle donne aux prisonniers
blessés. Au milieu des fureurs de la guerre, des haines nationales qui
arment si souvent les peuples contre les peuples, l'art de guérir se trouve
là comme un génie conciliateur : impassible et calme au milieu de ces
tempêtes affreuses qui ravagent l'espèce humaine, il ne connaît d'autres
passions que celle du bien. Dans ces circonstances terribles, le Ciel
semble l'avoir créé lui-même pour rapprocher les hommes, éteindre leurs
haines et leur rappeler qu'ils sont tous des frères. Cette pitié pour le
malheur, cette douce commisération qui est l'appanage de nos guerriers

vainqueurs, l'est particulièrement des hommes de l'art que je célèbre. Demandez à tous les prisonniers de guerre blessés, combien ils se sont trouvés heureux dans nos ambulances, dans nos hôpitaux, où tous les soins leur ont été prodigués. J'ai toujours vu, dans ces circonstances, nos officiers de santé pleins de cette générosité qui caractérise les Français, se vouer au soulagement des prisonniers de guerre blessés, avec le même zèle, la même ardeur qu'ils apportent au soulagement des nôtres. Aussi les généraux ennemis, les souverains alliés eux-même, dans la campagne de 1814, se sont-ils empressés de récompenser nos officiers de santé des soins multipliés qu'ils avaient apportés dans le traitement de leurs blessés. M. Percy l'a été plusieurs fois par les princes d'Allemagne, dans les différentes campagnes du général Moreau. En dernier lieu, Sa Majesté l'Empereur de Russie fut tellement satisfaite des soins que la chirurgie française prit de ses blessés, qu'elle accorda au même M. Percy la décoration de l'ordre de Sainte-Anne, et à beaucoup d'autres officiers de santé, des récompenses qui prouvent et la grande ame de ce prince, et le prix qu'il attachait à la chirurgie française.

(g) PAGE 69, VERS 12.

Là, d'un vin généreux, la force bienfaisante,

L'aliment nourrissant d'une table opulente,

Des palais somptueux arrivent étonnés

Aux lieux par les besoins souvent environnés.

« Après la bataille de Fontenoi, dit Voltaire (siècle de LOUIS XIV),
» jamais, depuis qu'on fait la guerre, on n'avait pourvu avec plus de soin
» à soulager les maux attachés à ce fléau : il y avait des hôpitaux préparés
» dans toutes les villes voisines, et sur-tout à Lille : les églises même
» étaient employées à cet usage digne d'elles : non-seulement aucun secours,
» mais encore aucune commodité ne manqua ni aux Français ni à leurs
» prisonniers blessés ; le zèle même des citoyens alla trop loin : on ne
» cessait d'apporter de tous côtés aux malades des alimens délicats, et les
» médecins des hôpitaux furent obligés de mettre un frein à cet excès
» dangereux de bonne volonté. Enfin, les hôpitaux étaient si bien servis,
» que presque tous les officiers aimaient mieux y être traités que chez
» des particuliers, et c'est ce qu'on n'avait point encore vu ».

Ces traits de compassion et de bienfaisance sont les traits essentiels du caractère français ; sans aller les chercher dans notre histoire, il suffit de se rappeler les secours donnés sous nos yeux par nos concitoyens aux blessés de la campagne de Paris ; secours qui se sont étendus sur les prisonniers de guerre eux-même, à un tel point que j'en ai vus regretter leur captivité au moment où la paix les rappelait dans leur patrie ; si à cette époque nos hôpitaux n'étaient pas pourvus comme ils l'étaient à l'époque dont parle Voltaire, ce malheur ne provenait que du Gouvernement, et non de l'art que je célèbre. Combien, au contraire, l'art a eu à gémir du dénuement affreux où se trouvaient ces établissemens ! que de plaintes ! que de réclamations de sa part ! Les récompenses, les honneurs accordés aux chefs de l'art par les souverains alliés, prouvent assez les soins qu'ils prenaient de leurs blessés, et la France entière sait tout ce qu'ils ont fait pour les nôtres. Chirurgiens civils et militaires, tous ont rivalisé de zèle et de soins auprès de nos blessés nombreux, et beaucoup ont succombé sous le poids des fatigues et des veilles.

(*h*) PAGE 70, VERS 6.

D'Audifret, oui, ton nom cher à l'humanité
A déjà pris sa place à l'immortalité.

Dans la guerre de 1746, après le combat d'Exilles, dit M. de Voltaire dans son siècle de LOUIS XIV, les blessés furent menés à Briançon, où l'on ne s'était pas attendu au désastre de cette journée. M. Daudifret, lieutenant de roi, vendit sa vaisselle d'argent pour secourir les malades; sa femme, prête d'accoucher, prit elle-même le soin des hôpitaux, pansa de ses mains les blessés, et mourut en s'acquittant de ce pieux office : exemple aussi triste que noble, et qui mérite d'être consacré dans l'histoire.

(*i*) PAGE 70, VERS 26.

Tous les efforts sont vains, et Belle-Isle est vaincu.

Ce combat d'Exilles, quoique malheureux, fut un si beau fait d'armes pour nos Français, que je crois faire plaisir à mes lecteurs de rapporter ici ce qu'en dit le même auteur.

« Pour emporter ces retranchemens, le comte de Belle-Isle avait vingt-huit bataillons et sept canons de campagne, qu'on ne put guère placer d'une manière avantageuse. On s'enhardissait à cette entreprise par le souvenir des journées de Montalban et de Château-Dauphin, qui semblaient justifier tant d'audace. Il n'y a jamais d'attaques entièrement semblables, et il est bien difficile encore et plus meurtrier d'attaquer des palissades qu'il faut arracher avec les mains sous un feu plongeant et continu, que de gravir et de combattre sur des rochers ; enfin, ce qu'on doit compter pour beaucoup, les Piémontais étaient très-aguerris, et l'on ne pouvait mépriser des troupes que le roi de Sardaigne avait commandées. L'action dura deux heures, c'est-à-dire que les Piémontais tuèrent deux heures de suite sans peine et sans danger tous les Français qu'ils choisirent : M. d'Arnaud, maréchal-de-camp, qui menait une division, fut blessé à mort des premiers avec M. de Grille, major-général de l'armée.

» Parmi tant d'actions sanglantes qui signalèrent cette guerre de tous côtés, ce combat fut un de ceux où l'on eut le plus à déplorer la perte prématurée d'une jeunesse florissante, inutilement sacrifiée. Le comte de Goas, colonel de Bourbonnais, y périt. Le marquis de Douge, colonel de Soissonnais, y reçut une blessure, dont il mourut six jours après. Le marquis de Brienne, colonel d'Artois, ayant eu un bras emporté, retourna aux palissades, en disant : « Il m'en reste un autre pour le service du Roi » ; et il fut frappé à mort. On compta trois mille six cent quatre-vingt-quinze morts, et mille six cent six blessés ; fatalité contraire à l'évènement de toutes les autres batailles, où les blessés font toujours le plus grand nombre. Celui des officiers qui périrent fut très-grand ; presque tous ceux du régiment de Bourbonnais furent blessés ou moururent, et les Piémontais ne perdirent pas cent hommes.

» Belle-Isle désespéré arrachait les palissades, et, blessé aux deux mains, il tirait des bois avec les dents, quand enfin il reçut le coup mortel. Il avait dit souvent qu'il ne fallait pas qu'un général survécût à sa défaite, et il ne prouva que trop que ce sentiment était dans son cœur ».

Fin des Notes du Chant troisième.

HYGIE

OU

L'ART DE GUÉRIR

AUX ARMÉES.

ARGUMENT

DU CHANT QUATRIÈME.

~~~~~~~~~~~~~~~~~~~~~

CESSATION de la guerre. — Les armées rentrent dans leurs garnisons. — Hôpitaux militaires; leur construction, leur régime, leur choix, leur salubrité, comme moyens de guérison. — Hygiène, thérapeutique des hôpitaux militaires. — Description des maladies des garnisons. — Mantoue, ses marais; Valli, médecin savant et courageux. — Alexandrie, ses hôpitaux; habileté d'un médecin. — Épidémie de Nice en l'an 7. — Mort de Championnet. — Épidémie de 1813, à la retraite de Moscou. — Mort du général Éblé et de beaucoup d'autres. — Torgau, Mayence en 1814. — Dispositions salutaires dans les hôpitaux. — L'air désinfecté à la manière de Guiton Morveau. — Description de son appareil et des autres moyens à employer pour arrêter la contagion.

Les blessés aux bains. — Description des eaux thermales. — Guérisons nombreuses. — Reconnaissance des blessés guéris envers les gens de l'art, si souvent victimes de leur zèle et de leurs soins. — Hommages funéraires à ceux qui sont morts dans les hôpitaux ou aux armées. — Leurs ombres aux Champs-Élisées, dans la société de Fénélon, de Saint-Vincent-de-Paule et d'Hippocrate. — La couronne de mérite est décernée au plus ancien de nos médecins d'armées, M. Laurentz, et placée sur sa tête par l'héroïne de Briançon. — Hôtel des invalides, sa description. — Secours donnés aux blessés par la chirurgie mécanique. — Éloge du médecin et du chirurgien en chef de cet établissement. — Visite du Roi. — Il parcourt l'hôtel. — Il boit à la santé des braves au réfectoire. — Il visite les malades. — Il se rend à l'église. — Les invalides y chantent la prière pour la conservation de ses jours. — Attendrissement du Roi. — Il remercie les gens de l'art des soins qu'ils prennent de ses vieux soldats, et leur assure sa bienveillance et sa protection.

HYGIE

HYGIE

OU

L'ART DE GUÉRIR AUX ARMÉES.

CHANT QUATRIÈME.

Les combats ont cessé. Toujours chers aux Français,
Les Bourbons de retour nous ont rendu la paix.
Après vingt ans de guerre et d'un triste délire,
A l'ombre de ses lis la France enfin respire :
Le monde, tourmenté par de trop longs malheurs,
Du repos et des lois va goûter les douceurs :
Les peuples qu'opprima l'affreuse tyrannie,
Ont, chacun sous leurs Rois, retrouvé la patrie :
Le Ciel, le juste Ciel invoqué par nos cœurs,
Des malheureux mortels enfin sèche les pleurs,
Et par lui l'olivier couvre de son ombrage
L'Elbe, le Rhin, la Seine, et le Tibre, et le Tage.

Vous n'êtes point vaincus, ô vous mes compagnons,
Soldats, dont vers Paris les nobles bataillons
Frémissent en voyant l'ennemi qui s'avance ;
Ou plutôt il n'est plus d'ennemis pour la France. (a)
Le héros, qui du nord assembla les soldats,
Alexandre marchant vers nos heureux climats,

6

N'a point prétendu vaincre un peuple magnanime ;
Il n'a point outragé votre valeur sublime.
Libérateur du monde, il a brisé nos fers :
Soldats, il rend hommage à vos succès divers ;
L'olivier dans les mains, sur les bords de la Seine,
Ce n'est point un vainqueur que la vengeance amène.
Vous vaincus !... non, jamais un destin si honteux
Ne s'appesantira sur vos fronts glorieux.
Il n'est qu'un ennemi sur qui la foudre gronde,
Celui de la patrie, et de vous et du monde.
Il tombe...; vos exploits, vos immortels exploits,
Aux yeux de l'univers conservent tous leurs droits,
Et d'un Roi légitime, environnant le trône,
Ils seront à jamais l'honneur de sa couronne.

Cependant, décorés d'innombrables lauriers,
Reviennent parmi nous nos valeureux guerriers ;
Pour conserver la paix, éloigner les alarmes,
Ils demeurent encore appuyés sur leurs armes ;
Et de nos vieux remparts, les défenseurs puissans,
Conservent la valeur qu'ils avaient dans les camps.
Auprès d'eux, élevés dans le sein de la France,
Des hôpitaux nombreux disent sa bienfaisance : (*b*)
Là, leurs moindres besoins, leurs plus simples douleurs,
Trouvent dans tous les tems des soins réparateurs ;
Là, veillant sur leur sort, comme aux jours des batailles,
D'une mère pour eux la France a les entrailles ;
Et du Dieu protecteur qui vient à leur secours,
Sur leurs jours précieux le bras s'étend toujours.

O toi qui de mes vers fais toute l'harmonie,
Toi qui, ma seule Muse, au nom de la patrie,

Inspiras mon ardeur et soutins mes accords,
Auguste humanité, redouble mes efforts;
Conduis jusques au bout ton bienfaisant ouvrage,
Et fais chez nos neveux qu'il passe d'âge en âge.

   Aux lieux où nos soldats vont chercher la santé,
Le premier des bienfaits est la salubrité.
De vastes bâtimens qu'aucun autre ne presse,
Le soleil, un air pur renouvelé sans cesse,
La verdure, l'ombrage et d'utiles jardins,
Une onde douce et claire, et des aspects sereins;
Tels sont les lieux que l'art demande pour asile,
Et que doit désigner un médecin habile.
Ces lieux que, par malheur au bien de nos soldats,
Refusent de créer les Rois souvent ingrats;
Un Roi, chez les Français, en laissa le modèle,
Et de son règne il fut la gloire la plus belle.

   Mais il est d'autres lieux que vous pourrez choisir,
Dans un tems qui n'est plus, asiles du loisir,
Des moines fortunés trop nombreux domiciles,
Monumens de nos jours devenus inutiles,
Élevés par le luxe à la commodité,
Propres au doux repos et faits pour la santé.
D'innombrables couvens conquis par la patrie,
Chez nous sont destinés à la philantropie,
Et la religion au Ciel s'applaudira,
Quand aux guerriers souffrans leur luxe servira.

   Vous donc, ô médecins, vous à qui l'on confie
Et la fin de leurs maux, et le soin de leur vie,
Réservez aux soldats ces lieux vastes et sains
Qu'environnent toujours des vents purs et sereins,

Et que leurs longs parvis, leur noble architecture
N'offrent pas seulement une vaine parure :
Sans eux, quelques secours que l'on puisse obtenir,
Point de soulagement, point d'espoir de guérir :
La Grèce nous apprend, et nul de nous n'ignore
Que tel fut le secret des prêtres d'Épidaure.

Cependant l'art encore ajoute à ses moyens ;
Il a d'autres secours, il connaît d'autres biens :
D'alimens bien choisis la douceur restaurante,
Des remèdes certains la vertu bienfaisante,
Avec ordre prescrits, obtiendront, sous vos mains,
Des succès inconnus aux mauvais médecins.

Déjà du haut des cieux l'ardente canicule
Pèse sur nos climats qu'elle dessèche et brûle :
Affaibli, languissant, accablé de ses feux,
Gémit dans ses quartiers le soldat valeureux :
La fièvre, au pas rapide, à la chaleur ardente,
Et traînant après elle une soif dévorante,
Conduit aux hôpitaux nos fiers enfans de Mars.

Ainsi que les épis dans les plaines épars,
Au gré des moissonneurs tombent sous la faucille ;
De mille maux divers l'affligeante famille,
Chaque jour les assiége ; et tous, ou presque tous,
De cet enfant du Styx éprouveront les coups :
De ce triste fléau l'imperceptible germe,
Attaque, sans pitié, la santé la plus ferme,
Entasse aux mêmes lieux et conduit au trépas
Médecins, officiers, généraux et soldats,
Et cause plus de maux au sein de nos murailles
Que le dieu Mars n'en cause en ses jours de batailles.

Dans les murs de Mantoue, au sein de ses marais,
J'ai vu ce mal affreux dévorer nos Français ;
Mais Valli, d'Esculape intrépide ministre,
Lui qui fit de la mort l'essai le plus sinistre, (c)
Valli se trouvait là : son talent, son savoir
Vainquirent de la mort le funeste pouvoir,
Et de son zèle ardent, Attropos chagrinée,
Dans le fond des enfers s'enfuyait consternée.

Non, loin de Marengo, dans ces vastes remparts,
Où la France entassait les foudres du dieu Mars,
Quand d'un soleil brûlant l'atteinte meurtrière
Enflammait de ses feux l'air, les cieux et la terre,
J'ai vu le même mal, au cours insidieux,
Attaquer, sans pitié, nos bataillons nombreux ;
Et tous assujettis à son pouvoir funeste,
Imploraient de notre art l'assistance céleste.
Ils n'étaient pas trompés. Toujours au milieu d'eux,
Par ses soins, ses talens et son zèle pieux,
Caire faisait cesser leurs douleurs, leur souffrance,
Et sa main les menait à la convalescence. (d)

Aux champs d'Occitanie, où, trahis par le sort,
Nos Français évitaient un ennemi plus fort,
De Naple il a frappé le vainqueur plein de vie ; (1)
Et malgré Desgenette et son rare génie,
Au rivage du Nil combien de nos guerriers
N'a-t-on pas vu tomber sous ses coups meurtriers ?
C'est lui qui, ravageant les bords de la Vistule,
A mis dans le tombeau de Mars ce fier émule,

---

(1) Le général Championnet, mort de l'épidémie qui ravageait l'armée après sa retraite d'Italie, campagne de Scherer.

Éblé qui, dirigeant mille foudres d'airain,
Paraissait maîtriser la mort et le destin ; (1)
C'est lui qui, trop long-tems sur les rives du Tage,
Parmi nos bataillons, a semé le ravage,
Et qui chez les Germains portant ses coups nouveaux,
De Torgau, de Mayence a fait d'affreux tombeaux. (e)
   O d'un ambitieux déplorables conquêtes,
Triste amour des combats qui devenaient ses fêtes,
C'est à vous que la France a dû tant de malheurs,
Et vous ferez encor long-tems couler ses pleurs.
De tout tems, il est vrai, poursuivant nos armées,
Cet ennemi cruel les tenait alarmées ;
Tel fut, hélas ! toujours le destin des combats ;
Mars y traîne avec lui tous les maux sur ses pas.
   Qui donc de ce fléau reconnaîtra la cause ?
Qui nous délivrera du tribut qu'il impose ?
Quels hommes courageux, dévoués et savans,
Sur le bord de la tombe, ouverte à tous momens,
Oseront se pencher, et rendront à la vie
Ces guerriers dont le sort a marqué l'agonie ?
   Soldats, rassurez-vous ; sur le lit des douleurs
Des prêtres de mon art, les nouvelles ardeurs,
Vous ont environnés : près de vous, dès l'aurore,
Au coucher du soleil ils y seront encore,
Et des paisibles nuits oubliant le repos,
Le jour les trouvera livrés à leurs travaux.
   Déjà brûlé par eux le parfum salutaire,
A la salubrité vient rendre l'atmosphère,

---

(1) Inspecteur général de l'artillerie, mort à Kœnisberg de la fièvre nerveuse, à son retour de Moscou.

Non pas ce vain parfum, cet inutile encens
Dont le brouillard offusque et fatigue les sens ;
Mais du docte Guiton, ces bienfaisans mélanges,
Trésors de la chimie, au-dessus des louanges,
Imperceptible agent de la salubrité,
Qui, détruisant soudain le miasme empesté,
Rend à l'air son ressort, sa pureté première,
Et chasse les dangers dont il est la barrière.

L'asile où vous souffrez, ainsi purifié,
Guerriers, de votre mal a guéri la moitié ;
L'ordre, la propreté, le régime, l'aisance,
Sur vous ont étendu leur bénigne influence :
Bien choisis, peu nombreux, administrés à tems,
Nos mains vous ont offert des remèdes puissans,
Et surement conduits vers la convalescence,
Vous nous devez déjà la force et l'existence.

Tel aux bords du Cidnus autrefois arrêté,
Alexandre, de l'art réclama la santé ;
Aussi prompt qu'assuré, l'art veilla sur sa tête,
Et du vainqueur de l'Inde assura la conquête. (*f*)

O vous de qui les jours nobles et précieux
Du trône et de l'état sont l'appui glorieux,
Quand vous sentez du mal la plus légère atteinte,
Cherchez nos hôpitaux, accourez-y sans crainte, (*g*)
Vos maux faibles encor, seront bientôt guéris ;
Trop tard, hélas ! combien par malheur l'ont appris !
Trop tard, nos soins, notre art veillent sur votre vie ; (1)
C'est le feu négligé qui produit l'incendie.

---

(1) *Principiis obsta, serò medicina paratur.*

Mais au pied des coteaux, sous des ombrages frais,
Parmi les fruits, les fleurs, et les dons de Cérès,
Pour nos guerriers blessés s'élève un autre asile ;
Des maux qui vont finir, séjour calme, tranquille.
Un air pur, un beau ciel, un soleil rayonnant,
De cette autre Épidaure ont fait un lieu charmant.
Sur son urne appuyée, une jeune Nayade
Répand en longs ruisseaux, en nappes, en cascade,
L'onde à laquelle Hygie a donné la chaleur :
Et les rares vertus qui calment la douleur ;
Dans ces lieux que gouverne une main bienfaisante,
La santé se prolonge, et circule, et serpente.
Dans ces vastes parvis qu'ouvrit l'humanité,
Sous ce simple bosquet qu'Esculape a planté,
Voyez-vous ces blessés qui marchent avec peine ?
Sur des bâtons formés du produit d'un vieux chêne
Leur corps est appuyé, tandis que ses rameaux
Se mêlent sur leurs fronts aux lauriers des héros ;
Saluons le malheur, la gloire, le courage,
Rangeons-nous, laissons leur un facile passage ;
Tous ces braves soldats que Mars a mutilés,
Des bienfaits de mon art marchent déjà comblés :
Le tems, l'habileté, les soins et le génie,
Par de communs efforts ont conservé leur vie.
Du champ de la valeur, portés dans ces saints lieux,
L'art a veillé sans cesse à leurs jours précieux,
Et du sort des combats, réparant les injures,
A fini leurs douleurs et fermé leurs blessures ;
Ils vont, en parcourant les vergers d'alentour,
S'essayer doucement aux feux d'un nouveau jour.

Celui-là redressé, mais chancelant encore,
Va rendre grâce aux Dieux sur l'autel d'Épidaure;
Heureux de revenir à de brillans destins,
Un doux espoir se mêle à ses regards sereins.

Celui-ci reportant vers l'astre qui l'éclaire
Son front qu'avait courbé le tranchant cimeterre,
Élève jusqu'aux Cieux son cœur reconnaissant,
Et bénit de notre art le miracle étonnant.

L'un qui tomba frappé dans son ardeur bouillante,
Va lui-même au-devant des soins qu'on lui présente;
L'autre qui vit son bras atteint d'un trait cruel,
Maintenant réjoui, l'élève vers le Ciel,
Et pour son médecin plein de reconnaissance,
Il lui tend une main qu'a sauvé sa science.

Ainsi qu'on vit jadis sur les bords du Jourdain,
Les malades guéris par un pouvoir divin;
Bientôt vers la patrie heureuse de leur gloire
Marchent tous ces guerriers, l'honneur de la victoire;
Leur noble sang qu'anime une nouvelle ardeur,
Cherche à couler encor dans les champs de l'honneur,
Et Mars avec orgueil revoit sous ses bannières
De ses premiers élus les phalanges guerrières.

Du plus beau des pays, ô généreux enfans!
Vous, dont le cœur nourrit les nobles sentimens,
Soldats, que dans vos cœurs se joigne à la vaillance
Le tendre sentiment de la reconnaissance;
Servez encor long-tems, servez votre pays,
L'art qui vous a sauvé ne veut point d'autre prix; (1)

_____

(1) *Rectè facti, fecisse merces est.* Séneq.

Et de votre bonheur faisant leur jouissance,
Ses ministres savans auront leur récompense.

Mais tandis que leurs soins, leur zèle, leurs secours
Ont dans les hôpitaux sauvé vos nobles jours ;
Tandis qu'ils ont tout fait pour vous rendre à la vie,
Le germe de vos maux, votre fièvre ennemie,
Le feu qui vous brûlait, vos douleurs, vos transports,
Tous vos maux réunis ont passé dans leurs corps.

Des plaines de Memphis aux champs de Batavie,
Des bords de la Vistule aux monts de l'Illyrie,
Combien, trop adonnés à leur zèle savant,
Ont vu de leurs beaux jours trancher le fil brillant !
Combien pour nos soldats, qu'à leurs soins l'on confie,
Ont respiré la mort, en leur donnant la vie !
Quoique chers à l'armée, utiles à l'État,
Ainsi que leurs travaux, leur mort fut sans éclat.

Sur le chemin brillant qui conduit à la gloire,
Au milieu des dangers qu'embellit la victoire,
La mort a des douceurs ; il est beau de périr
Couronné des lauriers que l'on a su cueillir ;
Sur nos derniers soupirs, répandant la lumière,
Un jour pur nous présente aux regards de la terre.
Ainsi sont morts Turenne, et Bayard et Dassas,
Et mille autres guerriers, l'honneur de nos combats.
Mais mourir inconnu, victime d'un beau zèle,
Utile à la patrie, ayant tout fait pour elle,
Sans gloire, sans éclat, emportant au tombeau
Jusques au souvenir d'un dévoûment si beau...,
Ce destin qui paraît si peu digne d'envie,
Ce trépas n'appartient qu'à la philantropie. (h)

Ce fut le vôtre ; ô vous, médecins courageux,
Vous que j'ai vus frappés dans ces tems malheureux.
Combien, depuis vingt ans, moissonnés à l'armée,
Combien, hélas ! sont morts sans nulle renommée !
Et cependant quels droits à l'immortalité
Ont acquis ces martyrs qu'a faits l'humanité !
Qui mieux qu'eux mérita que l'homme en son histoire
Les inscrive placés au temple de mémoire ?
S'il est tant de lauriers pour qui marche aux combats,
N'en est-il point pour ceux qui sauvent nos soldats ?

Muse, viens les venger d'un oubli si funeste ;
Viens, récompense-les de ton regard céleste,
Et que par toi leurs noms consignés dans mes vers,
Du bien fait aux mortels instruisent l'univers.

Que vois-je ? où me conduit une main inconnue ?
Quelle Divinité vient dans mon ame émue,
Par de nouveaux transports élever mes accens ?
Est-ce une illusion dont se troublent mes sens ?
Non : c'est l'humanité, ma Déesse chérie,
C'est elle, sous les traits d'un bienfaisant génie,
Qui vient du haut des Cieux désigner à mes chants
Le prix qu'elle réserve aux mortels bienfaisans.
Elle parle ; écoutez : — J'ai reçu ton hommage,
Dit-elle, et j'applaudis à ton heureux ouvrage ;
J'irai, j'irai moi-même au trône d'un bon Roi,
A son cœur attendri le présenter pour toi ;
De ses nobles guerriers, le soutien et le père,
L'art d'adoucir leurs maux est certain de lui plaire.
Mais achève un tableau que je t'ai confié ;
Toujours guidé par moi, par la douce pitié,

Viens, je vais à tes yeux, à ta Muse pieuse,
Montrer de mes héros la famille nombreuse.
Ils sont morts ; mais le Ciel, témoin de leurs bienfaits,
Les a récompensés dans le séjour de paix.
Elle dit : aussitôt les portes du Tartare
S'ouvrent ; déjà je vois l'Achéron trop avare
Sur ses bords éternels, l'inflexible Minos
Juge tous les humains, leurs vertus, leurs travaux ;
Sévère, incorruptible, il tient dans sa balance
Les hauts faits, la valeur, l'honneur, la bienfaisance.

    Tu ne nous trompais pas, immortel Fénélon,
Comme aux rives du Nil, aux bords de l'Achéron,
Les mortels, réunis dans une paix profonde,
Sont jugés autrement qu'ils le sont dans le monde.
Là, ce qui parut grand voit tomber sa splendeur ;
Ce qu'on n'aperçut point, ce qui fut sans honneur,
Sous le regard des Dieux brille couvert de gloire ;
Là, du seul bien qu'on fit on chérit la mémoire.

    Que d'ombres, près de moi, voltigent sur ces bords !
Lieux sombres, douloureux, triste séjour des morts,
Êtes-vous des vertus le dernier domicile,
Et pour l'homme de bien n'est-il plus d'autre asile ?
Où sont dans ces bas lieux ces tranquilles bosquets,
Cet ombrage, ces fleurs, l'onde, les gazons frais,
Ces champs qu'après la mort vient habiter le sage,
Heureux port où pour l'homme il n'est plus de naufrage ?
Mais d'un mot rassurant mes trop faibles esprits,
L'humanité s'avance, et de ces lieux chéris
Me montre de la main la route solitaire.
Enfin, au doux éclat d'une pure lumière,

Je les vois ces beaux lieux, ces vallons fortunés,
D'un éternel printems sans cesse couronnés : (1)
Sur eux à pleines mains les Dieux viennent répandre
Un long bonheur auquel le juste doit prétendre;
Tout n'est plus ici bas que paisibles loisirs,
Et l'homme n'y connaît ni crainte ni désirs.

    Où vont tous ces guerriers morts aux champs de la gloire ?
Qui marche devant eux sur un char de victoire ?
C'est toi, Léonidas, des Grecs antique honneur;
Les Dieux récompensant ton antique valeur,
T'ont mis dans ces beaux lieux au-dessus d'Alexandre :
Bayard est près de lui : d'un regard noble et tendre,
Dassas à ses côtés, fixe ses vieux lauriers :
Honneur de mon pays, magnanimes guerriers,
Ils sont morts comme lui, donnant à la patrie
Leurs beaux jours, leur valeur, et leur sang et leur vie.

    Assis, non loin de là, dans ces lieux enchanteurs,
A l'ombre d'un platane, et couronné de fleurs,
Socrate annonce encor, dans l'ardeur qui l'anime,
La sainte vérité dont il fut la victime :
Platon connaît son maître à ses sages discours,
Et Rousseau près de lui, de ses malheureux jours,
Oublie et les tourmens, et l'horrible injustice,
Et de son siècle ingrat le coupable caprice.

    Le digne honneur des cours, les modèles des Rois,
Marc-Aurèle, Trajan enseignaient à la fois
Comme on fait des heureux, comme on l'est sur le trône ;
Henri, le bon Henri, que l'olivier couronne,

_____

(1) *Devenére locos lætos, et amœna vireta*
Fortunatorum nemorum, sedesque beatas. Virg.

Soupire à leurs discours, et regrette à jamais
Des jours qu'il eût donnés au bonheur des Français.
　　Là sont enfin tous ceux qui de la bienfaisance,
Qui du bonheur d'autrui firent leur jouissance;
Là sont aux premiers rangs ces hommes vertueux
Qui se sont dévoués au bien des malheureux, (1)
Ces hommes bienfaisans, eux qui de leur fortune
Aimaient à soulager la misère commune;
De tous nos hôpitaux les pieux fondateurs,
Pinthièvre, qui pour eux délaissait les grandeurs, (i)
Ces Rois, amis du peuple, et qui de son bien-être,
Occupés tous les jours, tous les jours fesaient naître
Et de nouveaux secours et de nouveaux bienfaits:
Louis XII était là l'honneur des Rois français.
　　Un autre de nos Rois... grands Dieux! combien de larmes
A ce nom, de ces lieux viennent troubler les charmes!
Un Roi qui de Titus nous donnait les beaux jours,
Un Roi tout jeune encor, l'objet de nos amours,
Qui depuis... ô douleurs! ô trop chère victime!...
Mais lui-même, en mourant, a pardonné le crime.
J'entends encor ces mots qu'il adresse à nos cœurs,
Ces mots que tout Français doit baigner de ses pleurs:
« Oui, j'ai tout pardonné, même à la tyrannie,
» Aux bourreaux que je vois prêts à m'ôter la vie:
» O mon peuple, le Ciel finira ta douleur,
» Je lègue aux miens le soin de faire ton bonheur ». (j)
Du trône et de nos lis, la plus douce espérance;
Un jeune prince, hélas! que pleure encor la France;

_____

(1) *Quique sui memores alios fecére merendo.* Virg.

Un autre Marcellus, assis à ses côtés,
Promène dans ces lieux ses regards attristés.
O généreux enfant! à la voix de son père,
D'un cœur plein d'innocence il unit la prière,
Et les mains vers les Cieux, il implore avec lui
Le Dieu dont son pays reçoit enfin l'appui.

Là, vivent dans la paix, ensemble réunies,
Ces femmes, de la terre intéressans génies,
Ces vierges du Seigneur, anges venus des Cieux,
Dont le zèle, l'amour, les soins religieux,
Nuit et jour prodigués au sein de nos hospices,
Ont changé leurs beaux jours en pieux sacrifices. (k)

Brillante de vertus, des fleurs de ton printems,
Dans ces lieux daigne encor recevoir mon encens,
Ange de Briançon, ô femme courageuse;
D'Audifret, sur ces bords ton ame généreuse
S'occupe encor du bien qu'on peut faire aux mortels;
Là, racontant aux morts tes bienfaits éternels,
Vincent et Fénélon, de leur voix immortelle,
Te nomment des vertus l'honneur et le modèle.

Mais quelle ombre, au penchant de ce riant coteau,
Repose, au sein des fleurs, sur le bord d'un ruisseau?
Elle paraît ici l'idole d'une fête,
Et le laurier des Grecs est placé sur sa tête;
Son air grave, pensif et ses regards sereins
Annoncent le bonheur qui firent ses destins;
C'est l'oracle de Cos, c'est le sauveur d'Athène,
Hippocrate, des Dieux la gloire souveraine.

Du Dieu des malheureux, prêtre compatissant,
Sacrifiant pour eux tous ses jours et son sang;

Héros cher à Marseille, en ses tems de souffrance,
Belsunce, à ses côtés, parle de bienfaisance;
Près de lui réunis, de sages médecins
S'entretiennent encor du salut des humains;
Et bénissant des jours employés à bien faire,
De ses doctes leçons félicitent leur père.

   Muse, dis-nous leurs noms, conte-nous leurs bienfaits;
Dis-nous sur-tout, dis-nous ces médecins français,
Qui, du bien des soldats faisant leur jouissance,
Ont péri dans nos camps pour finir leur souffrance.
Nobles soutiens de l'art que je chante aujourd'hui,
Tant que l'astre du jour sur leurs fronts a relui,
Au salut des guerriers, aux vœux de la patrie,
Ils ont tout immolé, tout, jusques à leur vie.

   Ah! qui pourrait compter ces hommes courageux,
Sauveurs de nos soldats, et qui sont morts pour eux!
Hélas! leur nombre égal aux feuilles de l'automne,
Dont au fond des forêts la terre se couronne,
Effraye ma pensée, et rappelle à mon cœur
Des souvenirs amers de peine et de douleur. (*l*)

   Là, j'aperçois unis et discourant ensemble
Nos quatre premiers chefs que le trépas rassemble,
Médecins courageux, qui de nos légions
Firent, dans leurs douleurs, les consolations;
Le savant Anglada, qu'on vit aux Pyrénées
Succomber au milieu de ses belles années;
Faie, aux Alpes, donnant l'exemple précieux
D'un zèle que suivaient ses compagnons heureux;
Brugniere, aux champs lointains de la belle Italie,
Prodiguant aux guerriers les fruits de son génie;

Poma,

Poma, dont la Moselle admira si long-tems
L'infatigable ardeur et les rares talens.

Cinq autres de nos chefs, par qui la chirurgie
Vit ses destins brillans et sa gloire agrandie ;
Boizot, Haliame, Héquet, et vous jeunes encor
Savant Goy, Clavareau, double et nouveau trésor,
Dont la mort a trop tôt fini les destinées,
Du laurier des combats vos têtes couronnées
Proclament chez les morts qu'aux champs de la valeur
Vous tombâtes couverts des palmes de l'honneur.

Ainsi tombe, aux beaux jours, arraché par l'orage,
Le lis qui fait l'éclat et l'honneur du bocage.

Mais quel nombre de morts entassés dans ces lieux !
Quel spectacle nouveau vient attrister mes yeux !
Frappés des mêmes coups aux rives de l'Ibère,
Que d'enfans de mon art ravis à la lumière !
D'un mal qui dans ces lieux menaçait leurs beaux jours,
Ils sauvaient nos soldats. Plaisirs, hélas ! trop courts !
Ils finissaient leurs maux, ils leur rendaient la vie ;
Eux même sont tombés sous la faulx ennemie ;
Mais au moins sur ces bords ils trouvent le repos
Que la philantropie assure à ses héros.

Quel léger mouvement et quel lointain murmure
Agite de ces lieux l'atmosphère si pure ?
Des bords de l'orient quels paisibles concerts,
Quels sons mélodieux s'élèvent dans les airs ?
Aux Champs-Élisiens quel nouveau jour s'apprête ?
Le bonheur chez les morts a-t-il aussi sa fête ?

Venez, enfans d'Hygie, immortels médecins,
Dont la mort vers le Nil a fini les destins,

Qui pourrait les compter ces ombres généreuses,
Du bien qu'elles ont fait, victimes courageuses !
Approchez, Hippocrate ici vous tend les bras,
Nobles fils de son art, sauveurs de nos soldats;
Et toi sur-tout, jeune homme intrépide et sans crainte,
Qui, le scalpel en main, victime auguste et sainte,
D'un mal qui ravageait nos bataillons vainqueurs,
Recherchant dans la mort les germes destructeurs,
Trouvas la mort toi-même, et nous laissas l'exemple
Du plus grand dévoûment qu'Esculape contemple, (*m*)
Arrive dans ces lieux où l'on ne souffre plus,
Et reçois y le prix que l'on donne aux vertus.

Encor baigné des pleurs que l'ami le plus tendre,
Moreau, le bon Moreau, répandit sur sa cendre, (*n*)
J'aperçois de nos camps le plus vieux médecin :
Marchant à ses côtés et lui donnant la main,
S'avance de Vagram le chirurgien habile. (1)
Appelé non loin d'eux, d'une marche débile,
Mais sans être accablé du poids de ses vieux ans,
Arrive Parmentier l'ami des indigens ; (2)
Tous trois également aimés de la patrie,
Regretés des amis de la philantropie,
Dans l'art que je célèbre ont passé de longs jours ;
Tous trois, hélas ! sont morts : nos guerriers, pour toujours,
Auront à regretter leur immortel génie.
Heurteloup, Parmentier, Laurentz, prêtres d'Hygie,
Que de pleurs ont versé sur vos tristes tombeaux,
Vos amis, nos soldats, la France et des héros !

---

(1) M. Heurteloup. (2) M. Parmentier si connu par l'usage de la fécule
des pommes de terre que nous lui devons.

Qui vois-je ? d'Hippocrate est-ce un disciple encore ?
Qui s'approche de lui vers l'autel d'Épidaure ?
C'est Fénélon, c'est lui qui de l'humanité,
Dans les murs de Cambrai, ministre regretté,
Lui-même aux jours passés de nos vieilles batailles,
Recevait nos soldats blessés sous ses murailles ;
C'est lui qui, dédaignant de stériles succès,
Vient auprès d'Hippocrate admirer ses bienfaits ;
Daudifret près de lui, portant une couronne,
S'approche de Laurentz : — la France te la donne,
Dit-elle, et sur ton front elle sera long-tems
Le doux fruit des vertus, du zèle et des talens ;
Dans toi l'humanité par mes mains récompense
Ces hommes bienfaisans que pleure encor la France.

Laurentz, toujours modeste, à ces mots si flatteurs,
Rougit, et veut en vain se soustraire aux honneurs ;
D'une commune voix tous les enfans d'Hygie
Lui décernent le prix du zèle et du génie ;
Hippocrate lui-même applaudit à ce choix ;
Fénélon y sourit, et toutes à la fois,
Les ombres jusqu'aux Cieux, portant sa bienfaisance,
Font redire aux échos de leur empire immense :
« Il n'est de vrais héros dans ces lieux éternels,
» Que ceux dont les succès font du bien aux mortels ».

A ces tendres accords de la philantropie
L'humanité sourit. Son ame réjouie
Pour de nouveaux bienfaits forme de nouveaux vœux :
Pleine d'un zèle ardent elle quitte ces lieux,
Et dirigeant ses pas aux rives de la Seine,
Des cœurs compatissans, heureuse souveraine,

Admise chaque jour au conseil de nos Rois,
Vient des infortunés y soutenir les droits.

   Cependant, rejoignant leur paisible chaumière,
Mille soldats guéris par notre art salutaire,
Auprès de leurs parens, bénissent tous les jours
Le Prince, ses bontés, la France et nos secours.
Mille autres mutilés, et pour qui trop avare,
N'a rien fait la fortune injustement bizarre,
Livrés aux maux du corps et de la pauvreté,
Implorant, avilis, la froide charité,
Sans asile, sans soins, resteraient sur la terre
En proie à la douleur, à l'horrible misère;
Mais du Gouvernement et juste et généreux,
La douce bienfaisance a tout prévu pour eux.

   Sur les bords fortunés de la Seine tranquille,
Près du palais des Rois est leur dernier asile;
Illustre monument, noble et riche parvis,
Que de ses propres mains Mars éleva jadis,
Et qu'on verra toujours croître en magnificence
Par les soins des Bourbons qui règnent sur la France.

   Muse, guide mes pas vers ces lieux révérés,
Ouvre-moi ce palais, ces portiques sacrés,
Où de nos vieux soldats si chers à la patrie,
L'art se complaît encore à prolonger la vie.

   Quel ordre dans ces lieux! quels sages réglemens!
Sa discipline encore est celle de nos camps.
Chaque jour, chaque instant y retracent sans cesse
Les travaux, les combats d'une ardente jeunesse;
Tout rappelle aux guerriers, par l'âge appésantis,
Les jours de leur printems que la gloire a remplis,

Et flatté, réjoui d'une si douce image,
Leur cœur s'anime encor du plus noble courage :
Ah ! quel Français pourrait, sans attendissement,
Parcourir de nos Rois ce noble monument?
Qui verrait sans respect, courbés par la vieillesse,
Mutilés, déchirés, mais remplis d'allégresse,
Tous ces enfans de Mars, qui dans leurs cheveux blancs
Enlacent les lauriers cueillis dans leur printems ?

Tel un Roi qui du nord poliça les contrées, (1)
Un Roi, sage guerrier, sous ces voûtes sacrées
Rendit chez nous jadis hommage à la valeur,
Et de ce monument envia le bonheur.

Ou tel de Saint-Gratien le sage plein de gloire,
Le héros près d'Eugène aux fastes de l'histoire,
Catinat dans ces lieux, suivi d'un jeune enfant,
Aimait à promener ses loisirs d'un moment, (o)
Et lui montrant de près ses vieux compagnons d'armes,
De la gloire en son cœur faisait naître les charmes.

Mais c'est là que de l'art brillent à tous les yeux
Les heureux résultats, les effets merveilleux;
C'est là qu'avec adresse un chirurgien applique
Ces leviers, ces ressorts, savante mécanique,
Qui, suppléant chez eux aux membres mutilés,
Font agir et marcher nos guerriers consolés.

Vainqueur d'Hohinlendin dans ses belles années,
Celui-là vit par Mars ses jambes fulminées ;
Et cependant ici, sans douleur et sans maux,
Il court à tous momens sur le sol des héros;

_____

(1) Pierre-le-Grand.

Au coucher du soleil, au lever de l'aurore,
Venant nous rendre grâce on le retrouve encore.

Celui-ci, qui du Nil partagea les combats,
Aux champs de la valeur qui laissa ses deux bras,
Ici, grâce aux secours d'un habile artifice,
Eut bientôt oublié son noble sacrifice,
Et d'un bras qu'inventa notre art réparateur,
Vient encor, tous les jours, saluer son sauveur.

Un autre à Marengo, dans son bouillant courage,
Vit d'un coup furieux emporter son visage ;
Il obtint nos secours, et cet objet d'horreur
Se montre sans dégoût et même avec douceur.

A Vagram, lieu fameux, où d'un si long carnage,
Chez nos Français vainqueurs Mars fit l'apprentissage,
Au combat, celui-ci vit son front emporté ;
De l'art que je célèbre, ô prodige enchanté !
Rendu par lui bientôt à son sublime usage,
Le cerveau se soutient sans crainte, sans dommage,
Et du bien qu'on lui fit, gardant le souvenir,
Le guerrier peut encor tous les jours nous bénir.

Tels sont dans cet asile ouvert par la patrie,
Les miracles constans que fait la chirurgie ;
Tandis que le premier d'entre nos médecins,
Coste, qui de nos camps a suivi les destins,
Et lui-même vieilli dans leur noble carrière,
Prolonge dans ces lieux son heureux ministère,
De ses vieux compagnons conserve la santé,
Et marche, à côté d'eux, à l'immortalité.
De sa main paternelle, au terme de la vie,
Il conduit doucement leur vieillesse attendrie ;

Et lorsque des vieux ans le pénible fardeau,
Sans regrets, sans douleurs, leur ouvre le tombeau,
Comme un fidèle ami, comme un Dieu qu'on implore,
A leurs derniers momens Coste se trouve encore;
Il referme leur tombe, et les anges des Cieux
Instruisent l'Éternel de ses travaux pieux.

    Mais de jeunes soldats pleins de force, de grâce,
Montés sur des coursiers qui franchissent l'espace,
Du palais de nos Rois arrivent dans ces lieux : (1)
Les panaches flottans sur leurs fronts glorieux,
De leurs riches habits les couleurs éclatantes,
Leurs regards pleins d'ardeur, et leurs armes brillantes
Rappellent les beaux jours de ces preux chevaliers
Qui couraient pour leur Roi moissonner des lauriers.

    Immortels Vétérans, honneur de la vaillance,
Livrez-vous au bonheur, c'est le Roi qui s'avance... :
Noble appui de sa gloire, amis chers à son cœur,
Il vient vous visiter au temple de l'honneur :
Après des tems si longs d'un funeste veuvage,
Quand la France à ses pieds dépose son hommage,
Quand du bonheur de tous ce bon Roi fait le sien,
Lorsqu'il est des guerriers le père et le soutien,
De cent coups de canon, aux échos de la France,
Annoncez parmi vous son auguste présence.
Inclinant vos lauriers au-devant de ses pas,
Qu'il reconnaisse en vous ses valeureux soldats;
Et dans son noble empire, ainsi que la jeunesse,
Montrez-lui que la gloire anime la vieillesse.

(1) La garde royale.

Espoir d'un long bonheur pour le peuple français,
Un Bourbon, près du Roi, fier de tous vos succès,
Vient connaître en ces lieux tout le prix de la gloire,
Et lire en vos regards sa magnifique histoire ;
Ses mains, ses nobles mains que dirige son cœur,
Applaudissent de loin aux vieux fils de l'honneur,
Et le sourire heureux de son épouse auguste
Est pour votre valeur l'hommage le plus juste.

O spectacle nouveau ! coup-d'œil attendrissant !
Rassemblés avec ordre, ainsi que dans un camp,
Près des nombreux drapeaux qui furent leur conquête,
De nos Rois adorés le lis couvre leur tête,
Et fièrement encor sous les armes placés,
Rappelant les élans de leurs beaux jours passés,
A l'aspect du bon Roi que le Ciel leur renvoie,
Ils remplissent les airs de mille cris de joie.

Touché du noble amour de tous ces vieux guerriers,
Apercevant les lis ombragés de lauriers,
Louis croit voir encor ces phalanges altières,
Qui des Rois ses aïeux honoraient les bannières ;
Il approche, et son front saluant la valeur,
S'incline, et noblement rend hommage au malheur.

« Soyez heureux, dit-il, enfans de la vaillance,
» Vous dont le sang coula pour l'honneur de la France ;
» Dans ce paisible asile enrichi par mes soins,
» Qu'il ne soit plus pour vous ni douleurs ni besoins.
» Qui donne ses beaux jours au bien de la patrie,
» Doit donner au repos le reste de sa vie.
» Trop long-tems entraînés dans des combats lointains,
» Que de malheurs, hélas ! ont rempli vos destins !

» Votre sang, ce pur sang dont la France est si fière,
» Arrosa par torrens l'un et l'autre hémisphère,
» Et pour qui ?..... De ces jours tristes et douloureux
» Votre seule valeur fit des jours glorieux :
» L'univers ébranlé par vingt ans de démence,
» De mes Français toujours admira la vaillance ;
» Et moi-même porté sur des bords étrangers,
» Gémissant de vos maux, partageant vos dangers,
» J'étais fier des succès qui faisaient votre gloire,
» Et prenais avec vous ma part de la victoire ».

Il dit : et se faisant raconter leurs hauts faits,
D'une main généreuse, en souverain Français,
Sur leur cœur valeureux il attache lui-même
Le lis cher à l'honneur, impérissable emblême
Des nobles sentimens qu'il inspire aux guerriers.
A l'un d'eux, chargé d'ans et couvert de lauriers,
Qu'aux champs de Fontenoi moissonna son courage,
Le Prince bienfaisant donne le même gage,
Et du siècle passé ce soldat valeureux,
Qui servit de Louis les augustes aïeux,
Au discours, aux bontés du Roi qui le décore,
S'anime, se redresse et se croit jeune encore.

Mais vous qui, retenus au lit de la douleur,
N'avez pu contempler le Roi votre sauveur,
Vieillards, consolez-vous, le voilà qui s'avance ;
Ainsi qu'un père aimé, dans ces lieux de souffrance,
Il vient, sans appeler des regards étrangers,
Braver ici pour vous vos maux et leurs dangers,
S'assurer des secours dont on vous environne,
Par lui-même juger des soins que l'on vous donne,

Et joindre au doux espoir que vous donne mon art,
Le pouvoir rassurant de son tendre regard ;
Il voit tout, et ses mains aussi nobles que pures,
Pour les apprécier, ont touché vos blessures.
Comme un puissant remède, un baume adoucissant,
Le discours qu'il vous porte est tendre et consolant,
Circule parmi vous, et laisse à l'espérance,
Avec plus de douceur, beaucoup plus d'assurance.

   Tel autrefois un Roi, l'amour de nos aïeux,
Un Roi dont les autels s'élèvent sous nos yeux,
Guérissait, aux vieux jours de la patrie heureuse,
Les maux qu'au nom du Ciel touchait sa main pieuse. (1)
   Quel triomphe pour l'art qui m'a dicté ces vers !
Quels lauriers et quels prix pour ses succès divers !
Illustres médecins de cet asile auguste,
Ah ! jouissez long-tems d'un triomphe si juste,
Louis est satisfait de vous et de vos soins.
   « Oui, vous avez, dit-il, dans leurs nombreux besoins,
» Soulagé mes enfans du poids de la vieillesse :
» Naguère dans les camps leur bouillante jeunesse,
» Vous dût d'avoir sauvé des jours qui me sont chers :
» Votre art réparateur, aux yeux de l'univers,
» Vous élève à côté des soutiens de ma gloire ;
» Partagez avez eux les fruits de la victoire ;
» Et près de moi, toujours comblés de mes bienfaits,
» Portant l'art de guérir à ses derniers succès,
» Soyez sûrs qu'en tout tems votre Prince et la France
» Protégeront dans vous et l'art et la science ».

_____

(1) Saint-Louis touchant les écrouelles.

Aux lieux où les guerriers vont prendre leurs repas ,
Louis au même instant a dirigé ses pas ;
Il entre….., quel tableau se présente à sa vue !
Quelle ame d'un bon Roi n'en serait pas émue !
Il voit sur de longs rangs , satisfaits , enchantés ,
Un millier de vieillards vivre de ses bontés :
Soudain chacun se lève , et le voyant paraître ,
Tous , le verre à la main , ont salué leur maître.
Heureux de leur bonheur , entouré de leurs vœux ,
Il sourit aux transports de ces cœurs généreux ,
Et lui-même en soldat , partageant leur breuvage ,
Il boit à la vieillesse , à l'honneur , au courage.
« Guerriers , jusqu'aux autels , dit-il , suivez mes pas ;
» Sous ce dôme brillant , que le Dieu des combats
» Reçoive , près de vous , et ma vive prière ,
» Et l'encens que lui doit la nation entière ».
Aussitôt vers le temple , accompagnant leur Roi ,
Tous marchent empressés ; inclinés , pleins de foi ,
Dans le recueillement de ce lieu solitaire
Leurs cœurs sont réunis. Au fond du sanctuaire
Les prêtres de la gloire ont entonné les chants ;
Le Prince se prosterne , et le plus pur encens ,
Le cœur de nos guerriers , leurs vœux et leurs cantiques
S'élèvent de ces lieux aux célestes portiques ,
Où du Dieu des Français qui créa les bons Rois ,
Les anges rassemblés ont marié leur voix ,
Et répètent en chœur l'hymne antique et chérie
Que chante pour son Roi la France réjouie. (1)

_____

(1) Le *Domine salvum fac regem.*

Louis, le cœur touché de ces tendres concerts,
Adresse aussi ses vœux au Dieu de l'univers,
Et sur ces longs parvis pour lui si pleins de charmes,
Promenant, tout ému, ses yeux remplis de larmes,
Tel que le bon Henri, ne connaît de valeur,
Que celle qui du peuple assure le bonheur.
Environné d'amour et de reconnaissance,
Il sort en bénissant l'immortelle science
Qui couvre les guerriers de son bras protecteur,
Assure des soutiens au courage, à l'honneur, (p)
Et veillant avec soin sur leurs vieilles années,
Jusqu'au bord du tombeau charme leurs destinées.

Fin du Chant quatrième.

NOTES

DU CHANT QUATRIÈME.

~~~~~~~~~~~~~~~~~~~~~~~~~~~~~~~

(a) PAGE 81, VERS 16.

Vous n'êtes point vaincus, ô vous mes compagnons,
Soldats, dont vers Paris les nobles bataillons
Frémissent en voyant l'ennemi qui s'avance;
Ou plutôt il n'est plus d'ennemis pour la France.

Tout le monde, je pense, est d'accord, et les alliés eux-même ne nieront pas, que s'ils se fussent battus pour leur propre compte, et non pour la cause de nos Rois, qu'appelaient les vœux de la France, la guerre n'était point finie dans les campagnes de Paris, et qu'ils pouvaient eux-même y courir de très-grands dangers. Nos armées sous Paris étaient pleines de courage, toutes nos places fortes du Rhin et des Pays - Bas n'étaient point attaquées, leurs garnisons inquiétaient beaucoup les derrières des alliés. Vers le nord, la levée en masse des gardes nationales, la résistance de Paris; dans le midi, l'attitude intrépide et fière des maréchaux ducs de Dalmatie et d'Albufera, le corps du maréchal Augereau sous Lyon, l'armée nombreuse et intacte du prince Eugène en Italie, qui pouvait facilement se porter en France; le courage de toutes ces troupes, leur habitude de vaincre sous des généraux du plus grand mérite; tous ces moyens de défense eussent certainement beaucoup inquiété les alliés dans le cœur de la France, si nous eussions eu de l'attachement pour le Gouvernement impérial; mais la haine qu'on lui portait était à son comble, tous ses ressorts étaient usés, et les dignes descendans d'HENRI IV, déjà sur plusieurs points de leur belle et malheureuse patrie, y étaient regardés comme des sauveurs que le Ciel nous envoyait. Cet état formidable de défense d'un peuple éminemment guerrier, fut si bien connu des alliés, qu'ils déclarèrent hautement qu'ils n'en voulaient qu'à notre Gouvernement; ils firent donc avec la France comme une espèce d'accord pour le renverser, et y substituer le Gouvernement paternel de nos anciens Rois : autrement, encore

un coup, la victoire n'était point à eux. Je sais, disait jadis un prince
de Piémont, beaucoup de chemins pour pénétrer en France, et je n'en
connais aucun pour en sortir. Cet hommage, rendu au courage de la
France depuis long-tems, est de la plus grande vérité, aujourd'hui sur-
tout que tous ses enfans sont guerriers.

Nos braves soldats se croyaient si peu *vaincus*, qu'à Paris, comme
dans toute la France, ils ont toujours conservé leur attitude fière et
guerrière au milieu des troupes des alliés pendant le peu de mois qu'elles
y ont séjourné. Souvent même ces dernières, malgré les branches de
feuillage qui simulaient les lauriers de la victoire sur leurs fronts, semblaient, à l'aspect de nos intrépides guerriers, se ressouvenir que pendant
vingt ans les Français avaient été leurs vainqueurs. Je vais rapporter ici,
à ce sujet, un fait dont j'ai été témoin à Lyon dans les premiers jours
de juin 1814, et qui peint bien l'esprit de nos braves.

Un sergent de canonniers traversait isolément cette ville, et allait, je
crois, en congé dans sa famille; il passa devant un corps-de-garde de
troupes allemandes, qui l'arrêtent et veulent lui faire déposer son sabre.
Le canonnier se retranche dans un des angles du bâtiment, et la main
sur la poignée de son sabre, jurait en *bon français*, que personne n'était
assez osé pour vouloir le désarmer. Passe un commissaire de police qui
s'approche du rassemblement, et s'étant fait rendre compte du sujet de
la querelle, dit à ce sergent, qu'en effet il y avait un ordre de la muni-
cipalité qui défendait à tout sous-officier français de passer dans la ville
avec des armes, et que la sienne devait être déposée, non pas entre les
mains des Allemands, mais entre les siennes. Le sergent se rend à cette
raison, qu'il appelait une raison *française;* mais il demande un reçu,
le commissaire le lui promet; on entre dans le corps-de-garde, le reçu
est fait; le canonnier regardant par-dessus l'épaule du commissaire qui
écrivait, lui dit : ajoutez, je vous prie, au bas du reçu, que ce sabre a
été deux fois à Berlin, deux fois à Vienne, une fois à Madrid, une fois
à Moscou, qu'il a été en Égypte, etc.; puis se tournant vers toute la
garde allemande rassemblée, il ajouta, avec un geste expressif : et si
quelqu'un de ces messieurs veut encore l'essayer, je suis dans ce moment
son homme; toute la garde baissait les yeux; le commissaire souriait et

jouissait de cette démonstration énergique d'un courage vraiment chevaleresque ; à coup sûr ce canonnier ne se croyait pas *vaincu*, et un pareil brave pouvait-il l'être ?

Admirons donc et bénissons la providence qui, sans avoir permis que nous fussions *vaincus*, nous a rendu la paix et le bonheur de la patrie.

(*b*) PAGE 82, VERS 22.

Auprès d'eux, élevés dans le sein de la France,
Des hôpitaux nombreux disent sa bienfaisance.

L'un des innombrables bienfaits du Gouvernement de LOUIS XVIII, pour nos militaires, est l'ordonnance qu'il vient de rendre pour le rétablissement des hôpitaux militaires dans les principales villes de garnison, dont le service, sous le dernier Gouvernement, avait été confié dans plusieurs villes aux hospices civils. Cette ordonnance a deux grands avantages, celui de pourvoir plus uniformément au traitement des militaires malades, et celui de laisser dans leur entier, aux indigens, des établissemens que la charité leur destine.

(*c*) PAGE 85, VERS 4.

Mais Valli, d'Esculape intrépide ministre,
Lui qui fit de la mort l'essai le plus sinistre.

Le médecin Valli, depuis long-tems attaché à nos armées, si connu par ses belles expériences sur l'oxide rouge de mercure, comme anti-putride et anti-fermentescible ; ce médecin philosophe, dont nous avons des mémoires précieux par leurs vues neuves et hardies sur plusieurs points de l'art de guérir, a fait, en 1803, le voyage de Constantinople, pour y faire des expériences sur la peste, qu'il avait déjà étudiée à Smyrne. (Voyez son intéressant mémoire *sulla peste di Smyrne, anno* 1784). C'est là (à Constantinople) que ce savant médecin s'innocula la peste à lui-même pour compléter la foule des observations qu'il avait déjà recueillies sur cette cruelle maladie.

Il a fait depuis le voyage d'Espagne, et demande à faire celui d'Amérique, pour se soumettre à de pareilles expériences sur la fièvre jaune ; il travaille en ce moment à un grand ouvrage sur cette maladie, qui ne peut manquer d'ajouter à sa gloire.

(*d*) PAGE 85, VERS 20.

Caire faisait cesser leurs douleurs, leur souffrance,
Et sa main les menait à la convalescence.

M. Caire, l'un de nos médecins principaux, est un des meilleurs et des plus sages médecins qu'ait eu l'armée d'Italie. Heureux nos soldats de rencontrer aux hôpitaux des médecins aussi zélés, aussi habiles et aussi dévoués à leur soulagement !

(*e*) PAGE 86, VERS 6.

Et qui chez les Germains portant ses coups nouveaux,
De Torgau, de Mayence a fait d'affreux tombeaux.

Peu d'épidémies ont été plus funestes aux armées que celle qui suivit la trop fameuse bataille de Leipsick. Ces malheurs, si près de nous encore, sont effrayans à raconter ; les rues de Mayence, de Torgau, toute la ligne, depuis l'Elbe jusqu'au Rhin, encombrée de malades ; quelles affreuses suites de la retraite de Dresde ! que de travaux, de douleurs et de dangers pour les hommes de l'art ! aussi combien en a-t-il succombé dans cette funeste épidémie !

(*f*) PAGE 87, VERS 20.

Tel aux bords du Cidnus autrefois arrêté,
Alexandre, de l'art réclama la santé ;
Aussi prompt qu'assuré, l'art veilla sur sa tête,
Et du vainqueur de l'Inde assura la conquête.

Si Alexandre fût resté long-tems malade, Darius, qui connaissait déjà sa maladie, et qui s'avançait, eût pu profiter de l'abattement de l'armée Macédonienne et la mettre dans un grand embarras, comme nous le lisons dans Quint-Curce. Aussi le malade disait-il : *lenta re-*
media

media et segnes medicos non expectunt tempora mea; vel mori strenue, quàm tarde convalescere, mihi melius est; le breuvage apporté par le médecin *assura donc la conquête de l'Inde.* Ce que j'aime à remarquer encore ici dans Quint-Curce, c'est la considération où était le médecin Philippe auprès d'Alexandre, considération accordée à ses talens, comme ce prince en accordait à ceux d'Aristote. *Erat inter NOBILES medicuse Macedoniá regem secutus, Philippus, natione Acarnan, fidus admodùm regi, puero comes, et custos salutis datus, qui non ut regem modò, sed etiam ut alumnum eximiá caritate diligebat.* Philippe guérit Alexandre, aussi quelle reconnaissance de la part de l'armée! *Nec avidiùs ipsum regem, quàm Philippum intuebantur exercitus.* Voilà une belle récompense pour un médecin militaire.

(g) PAGE 87, VERS 24.

Quand vous sentez du mal la plus légère atteinte,
Cherchez nos hôpitaux, accourez-y sans crainte.

C'est encore là un des soins importans des chirurgiens des corps. Un soldat qui languit trop long-tems dans la caserne aux premiers jours de sa maladie, offre moins de ressource à l'art, lorsqu'il arrive à l'hôpital, et court souvent de grands dangers par ce retard. Pour quelques mutations de plus dans les contrôles du régiment, pour quelques journées de plus à l'hôpital, doit-on exposer les jours d'un homme? C'est à nous de vaincre cette répugnance que montrent d'aller aux hôpitaux nos jeunes soldats, sur-tout, pour qui le mot hôpital est effrayant, et qui se cachent souvent de nous pour n'y point aller. J'ai entendu dire à beaucoup de médecins, qu'ils avaient vu périr de nos militaires pour cela seul qu'ils avaient été conduits trop tard à l'hôpital, et j'en ai vu moi-même la fatal résultat.

(h) PAGE 90, VERS 50.

Mais mourir inconnu, victime d'un beau zèle,
Utile à la patrie, ayant tout fait pour elle,
Sans gloire, sans éclat, emportant au tombeau
Jusques au souvenir d'un dévoûment si beau...,

8

Ce destin qui paraît si peu digne d'envie,
Ce trépas n'appartient qu'à la philantropie.

Le médecin en chef Laurentz est, je crois, le seul qui obtint des
honneurs militaires après sa mort. « Ah ! dit M. Coste dans son éloge
» de ce célèbre médecin : si celui que nous pleurons aujourd'hui est
» presque le seul à la cendre duquel on ait décerné les honneurs que
» l'usage a rendus exclusifs pour les militaires (quoiqu'à la guerre nous
» partagions leurs dangers sans réciprocité), les mânes de ceux qui n'a-
» vaient pas moins de titres à cette distinction pourraient-ils s'affliger d'en
» avoir été privés. Si pendant leur vie ils eussent été connus comme
» Laurentz le fut de Moreau, les généraux qui partagent ses sentimens
» eussent donné le même ordre ; mais les modèles fournis par lui ne
» peuvent rester stériles; son procédé généreux deviendra parmi nous le
» germe d'une nouvelle émulation : puisse-t-il perpétuer chez nos colla-
» borateurs le sentiment et la dignité de leur état »!

(i) PAGE 94, VERS 10.

De tous nos hôpitaux les pieux fondateurs,
Pinthièvre, qui pour eux délaissait les grandeurs.

La bienfaisance de ce Prince est assez connue, tout le monde sait que
sa fortune était plutôt celle des pauvres que la sienne ; mais il faut citer
ici le beau nom de Saint-Vincent-de-Paule, qui fit établir à Marseille un
hôpital pour les galeriens, qui fit donner à l'Hôtel-Dieu de Paris, alors
sans revenu, des sommes considérables, en formant à cet effet une asso-
ciation très-nombreuse des premières dames de la ville et de la cour, qui,
sous la direction de cet apôtre de l'humanité, allaient elles-mêmes visiter
et soigner les malades, et qui fonda et fit doter ce bel hôpital des Enfans
trouvés, monument immortel de la philantropie la plus religieuse.

Je dois encore citer parmi les bienfaiteurs de l'humanité souffrante,
le commandeur Brulard de Sillery, digne ami de Saint-Vincent, qui
vendit tous ses meubles, tous ses bijoux, se démit de toutes ses charges
à la cour, en distribua l'argent aux pauvres, donna tous ses biens-fonds
aux hôpitaux, et ne se réserva qu'une faible pension alimentaire. M. de

Sillery mourut dans les bras de Saint-Vincent : mort glorieuse et digne de tout le bien que ce seigneur avait fait aux malheureux.

Fléchier, dans son oraison funèbre de Marie-Thérèse d'Autriche, reine de France, nous a tracé un tableau bien pathétique de cette vertueuse Princesse, lorsqu'il nous la représente dans les hôpitaux, se livrant aux doux soins de l'humanité chrétienne. Ce passage du second de nos orateurs des tombeaux est si beau et si approprié au sujet que je traite, que j'ai cru devoir le rappeler ici.

« Voyons-la, dit-il, dans ces hôpitaux où elle pratiquait ses miséri-
» cordes publiques, dans ces lieux où se ramassent toutes les infirmités
» et tous les accidens de la vie humaine, où les gémissemens et les
» plaintes de ceux qui souffrent remplissent l'ame d'une tristesse impor-
» tune, où l'odeur qui s'exhale de tant de corps languissans porte dans
» le cœur de ceux qui les servent le dégoût et la défaillance, où l'on
» voit la douleur et la pauvreté exercer à l'envi leur funeste empire, et
» où l'image de la misère et de la mort entre presque par tous les sens :
» c'est là que, s'élevant au-dessus des craintes et des délicatesses de la
» nature, pour satisfaire à sa charité, au péril de sa santé même, on
» la vit, toutes les semaines, essuyer les larmes de celui-ci, pourvoir aux
» besoins de celui-là, procurer aux uns des remèdes et des adoucisse-
» mens à leurs maux, aux autres des consolations de l'esprit, et des se-
» cours pour la conscience.

» Compagnes fidèles de sa piété, qui la pleurez aujourd'hui, vous la
» suiviez quand elle marchait dans cette pompe chrétienne : plus grande
» dans ce dépouillement de sa grandeur, et plus glorieuse, lorsqu'entre
» deux rangs de pauvres, de malades ou de mourans, elle participait à
» l'humilité et à la patience de Jésus-Christ, que lorsqu'entre deux haies
» de troupes victorieuses, dans un char brillant et pompeux, elle pre-
» nait part à la gloire et aux triomphes de son époux.

» Admirez, femmes riches, et tremblez, dit le prophète (1), vous
» qui, par des dépenses folles et excessives, contraignez vos maris à
» chercher dans l'oppression des pauvres de quoi fournir à vos vanités

(1) *Obstupescite, opulentæ, et conturbamini.* ISA. 52, 11.

» et à votre luxe ; vous qui frémissez à la vue d'un hôpital , qui faites
» servir votre délicatesse de prétexte à votre dureté , et qui , bien loin
» de soulager les maux de tant de personnes affligées , affectez de les
» ignorer ».

(j) PAGE 94, VERS 26.

« Oui , j'ai tout pardonné , même à la tyrannie,
» Aux bourreaux que je vois prêts à m'ôter la vie :
» O mon peuple , le Ciel finira ta douleur ,
» Je lègue aux miens le soin de faire ton bonheur ».

Relisez le testament du bon et infortuné LOUIS XVI , et sur-tout ces
dernières paroles d'une vie toute remplie de vertus , paroles qu'il léguait
pour ainsi dire à son auguste et malheureux enfant , et dont LOUIS <i>le
désiré</i> fait aujourd'hui la base de sa conduite sur le trône :

« Je recommande à mon fils , s'il avait le malheur de devenir Roi,
» de songer qu'il se doit tout entier au bonheur de ses concitoyens ;
» qu'il doit oublier toute haine et tout ressentiment, et nommément tout
» ce qui a rapport aux malheurs et aux chagrins que j'éprouve , etc. ».
Paroles sublimes que la France devrait graver sur des tables d'airain,
et conserver comme les paroles d'un nouvel évangile.

(k) PAGE 95 , VERS 12.

Là , vivent dans la paix, ensemble réunies ,
Ces femmes, de la terre intéressans génies ,
Ces vierges du Seigneur, anges venus des Cieux,
Dont le zèle, l'amour, les soins religieux ,
Nuit et jour prodigués au sein de nos hospices,
Ont changé leurs beaux jours en pieux sacrifices.

Je ne puis , à ce sujet , m'empêcher de citer ici l'un des passages les
plus attendrissans de la vie de Saint-Vincent-de-Paule. Cet apôtre de
l'humanité, recommandant un jour aux prières des fidèles ces filles re-
ligieuses qui se dévouent au soulagement des malades , dit ces paroles
simples et touchantes :

« Je recommande à vos prières les filles de la charité que nous avons

» envoyées à Calais pour assister les pauvres soldats blessés ; de quatre
» qu'elles étaient, il y en a deux décédées qui étaient des plus fortes
» et robustes de leur compagnie, et voilà qu'elles ont succombé sous le
» faix ! Imaginez-vous, Messieurs, ce que c'est que quatre pauvres
» filles à l'entour de cinq ou six cents soldats blessés ou malades, et
» toujours de maladies contagieuses. En vérité, Messieurs, cela est
» touchant ! N'est-ce pas une action de grand mérite devant Dieu, que
» des filles s'en aillent avec tant de courage et de résolution parmi des
» soldats, qu'elles aillent s'exposer à de si grands travaux, à de fâ-
» cheuses maladies ; et enfin, à la mort pour ces gens qui se sont ex-
» posés aux périls de la guerre pour le bien de l'État ! Nous voyons
» donc combien ces pauvres filles sont pleines de zèle pour la gloire de
» Dieu, et par conséquent pour l'assistance du prochain. La Reine nous
» a fait l'honneur de nous écrire, pour nous mander d'en envoyer
» d'autres à Calais, afin d'assister ces pauvres soldats. Et voilà que
» quatre s'en vont partir aujourd'hui. Une d'entr'elles, âgée d'environ
» cinquante ans, me vint trouver vendredi dernier à l'Hôtel-Dieu où
» j'étais, pour me dire qu'elle avait appris que deux de ses sœurs étaient
» mortes à Calais, et qu'elle venait s'offrir à moi pour y être envoyée à
» leur place, si je le trouvais bon. Voyez, Messieurs, le courage de ces
» filles à s'offrir de la sorte comme des victimes pour l'amour de Jésus-
» Christ ! Cela n'est-il pas admirable ! Pour moi, je ne sais que dire à
» cela, sinon que ces filles seront mes juges au jour du jugement ; oui,
» elles seront nos juges, si nous ne sommes disposés comme elles à ex-
» poser notre vie pour Dieu ».

(l) PAGE 96, VERS 20.

Ah ! qui pourrait compter ces hommes courageux,
Sauveurs de nos soldats, et qui sont morts pour eux !
Hélas ! leur nombre égal aux feuilles de l'automne,
Dont au fond des forêts la terre se couronne,
Effraye ma pensée, et rappelle à mon cœur
Des souvenirs amers de peine et de douleur.

Il est énorme le nombre des officiers de santé morts aux armées depuis

vingt ans. Dans son éloge de M. Laurentz, médecin en chef de l'armée
du Rhin, le savant et philantrope M. Coste, inspecteur général du service de santé, dit :

« Épargnons ici la triste énumération des chirurgiens que la peste a
» moissonnés en Égypte et celle de cette multitude d'officiers de santé,
» de divers corps armés, qui, n'écoutant que l'élan de leur patriotisme,
» accompagnèrent les premiers bataillons, sans avoir donné la mesure
» de leurs talens, et sans avoir bien évalué eux-mêmes celle de leurs
» forces physiques.

» C'est ainsi qu'au commencement de la guerre avec l'Espagne, la
» contagion enleva dans la seule armée des Pyrénées occidentales, qua-
» rante-quatre médecins. Le nombre des officiers de santé qui en furent
» les victimes pendant les quinze mois que dura l'épidémie, s'est élevé
» à plus de trois cents ».

C'était en l'an 9, 1800, que M. Coste faisait au conseil de santé cette
triste énumération. Combien en est-il mort depuis dans l'impolitique et
affreuse guerre d'Espagne, dans les campagnes d'Allemagne, de Pologne,
de Russie, sans parler de l'expédition de Saint-Domingue ! Ce tableau,
s'il était fait, serait effrayant; mais j'espère qu'il sera, un jour, le plus
beau, comme le plus douloureux trophée élevé au courage et au dévoûment des hommes de l'art que je célèbre aujourd'hui; c'est à nos chefs
à élever ce monument, et à dire à la patrie, sinon tous les noms, au
moins le nombre de ces généreuses victimes du devoir et du dévoûment.
Je n'ai pu en citer que quelques-uns dans mes vers, c'est un regret pour
mon cœur.

(m) PAGE 98, VERS 10.

Et toi sur-tout, jeune homme intrépide et sans crainte,
Qui, le scalpel en main, victime auguste et sainte,
D'un mal qui ravageait nos bataillons vainqueurs,
Recherchant dans la mort les germes destructeurs,
Trouvas la mort toi-même, et nous laissas l'exemple
Du plus grand dévoûment qu'Esculape contemple.

Cette noble victime du dévoûment fut le jeune Betheil, chirurgien aide-major , très-instruit et plein de zèle , et qui mourut de la peste en Égypte , gagnée en faisant, avec M. Larrey , l'ouverture d'un cadavre de pestiféré.

M. Larrey, dans son ouvrage déjà cité , dit , en parlant des chirurgiens : « je dois les plus grands éloges à tous mes collaborateurs, pour les soins » qu'ils ont prodigués aux blessés; ils ont tous acquis des droits à la re- » connaissance nationale, par leur zèle, leur courage et leur dévoûment ; » plusieurs ont achevé glorieusement leur carrière dans cette mémorable » campagne (celle de Saint-Jean-d'Acre) , les uns ont été tués à mes » côtés , les autres ont péri de la peste qu'ils avaient contractée dans » les hôpitaux ».

(n) PAGE 98 , VERS 14.

Encor baigné des pleurs que l'ami le plus tendre ,
Moreau, le bon Moreau, répandit sur sa cendre.

Le général Moreau , très-attaché au médecin Laurentz , apprit sa mort avec douleur ; il regrettait dans lui un homme honoré de son amitié et précieux à toute son armée. Il fit mettre à l'ordre du jour la perte que faisait l'armée , et ordonna pour son premier médecin, des funérailles dignes de sa douleur , et des grands services qu'il rendait depuis long-tems à la tête de la médecine militaire.

(o) PAGE 101 , VERS 16.

Ou tel de Saint-Gratien le sage plein de gloire ,
Le héros près d'Eugène aux fastes de l'histoire ,
Catinat dans ces lieux, suivi d'un jeune enfant,
Aimait à promener ses loisirs d'un moment.

« M. de Catinat, quand il était à Paris, allait toutes les semaines aux » Invalides ; il y mena un jour un jeune enfant : à l'arrivée du maré- » chal dans l'hôtel, les gardes prennent les armes, les tambours bat- » tent ; tous les vieillards, les infirmes accourent; on criait dans les » cours : *Voilà le Père la Pensée.* Ce bruit effraya l'enfant : le maré- » chal le rassura , en lui disant que tout cela prouvait l'amitié que ces » gens respectables lui portaient. Il lui fit voir toute la maison , le mena

» à l'heure du souper dans tous les réfectoires, fit apporter deux verres,
» et but avec le jeune homme à la santé de tous ses anciens camarades.
» Tout le réfectoire debout et découvert, remercia le maréchal et le
» reconduisit avec acclamation ».

Vie de Catinat.

(*p*) PAGE 108, VERS 10.

Il sort en bénissant l'immortelle science
Qui couvre les guerriers de son bras protecteur,
Assure des soutiens au courage, à l'honneur.

Dans l'éloge de M. de Saucerotte, qui fut aussi un de nos célèbres
chirurgiens militaires, l'orateur, après avoir rapporté tous les titres de
gloire de ce savant chirurgien, ajoute : « Ce n'est qu'en réfléchissant
» sur les périls qui environnent l'exercice de la chirurgie militaire,
» qu'on peut apprécier justement le mérite de ceux qui parcourent
» cette honorable carrière. Si les succès dans les arts agréables, cul-
» tivés sans danger, peuvent procurer les honneurs et la réputation,
» de quelle gloire ne sont pas dignes ceux qui exercent au milieu
» d'un champ de bataille, et au péril de leur vie, un art difficile et
» précieux à l'humanité ! La chirurgie militaire, qui, seule de tous
» les arts, est entourée de tant d'obstacles et de dangers, mérite
» donc sur-tout une honorable préférence. Ajoutons à l'honneur de cette
» partie de notre art, que c'est par elle qu'il paye sa dette à la défense
» de la patrie, et acquitte celle de la patrie envers ses défenseurs.
» Dévoué par honneur et par humanité à ces nobles fonctions, M. de
» Saucerotte sut encore se distinguer parmi les hommes estimables qui
» ont donné à notre chirurgie militaire une supériorité avouée des
» étrangers, et qui fait partie de cette gloire nationale justement ac-
» quise et précieuse à conserver ».

Fin des Notes du Chant quatrième.

LES
LOISIRS
D'UN MILITAIRE
PENDANT
LA CAMPAGNE DE 1809.

~~~~~~~~~~~~~~~~~~~~~~~~~~~~~~~~~~

POÉSIES.

~~~~~~~~~~~~~~~~~~~~~~~~~~~~~~~~~~

PRÉFACE.

DANS les années qui viennent de s'écouler, ces chants philantropiques faisaient partie de mes loisirs au milieu des armes où j'étais entraîné avec la multitude immense de mes camarades. Bien loin de caresser l'auteur de tant de guerres glorieuses, il est vrai, pour nos armées, je gémissais tout bas sur les malheurs de la patrie, et je confiais mes gémissemens à des feuilles volantes, que je gardais par-devers moi.

Ayant servi dix-huit ans sous les drapeaux de ce conquérant, dont l'ambition a ravagé le monde, et a fini par le perdre lui-même, je rougirais de me trouver au nombre de ceux qui l'accable depuis sa chûte, sur-tout après l'avoir admiré dans ses premières campagnes. J'ai la franchise d'avouer, même aujourd'hui, cette admiration que partageaient bien des hommes qui lui font en ce moment son procès pour tous les instans de sa vie militaire : pour moi je pense qu'il faut distinguer le noble vainqueur de Lodi, d'Arcole, de Marengo, du coupable dévastateur de l'Espagne, de l'insensé héros de Moscou et de l'imprudent vainqueur de Dresde. A Lodi, à Arcole, à Marengo, quel Français ne souriait pas à des victoires qui pouvaient, en immortalisant leur héros, ramener la paix et un Souverain légitime dans la patrie ? On espérait alors que la France aurait aussi son Monck. On dit que Bonaparte eut un instant cette heureuse pensée. Que ne l'a-t-il réalisée et pour sa gloire et pour le bonheur de la France ! mais l'ambition l'égarait déjà. Depuis..... ah ! depuis, les victoires n'avaient plus les mêmes charmes pour un vrai Français, et elles ont fini par lui être odieuses. Il est tombé cet homme trop fameux, il a la juste punition de son ambitieuse célébrité ; c'en est assez aux yeux d'un véritable ami de son pays, et nous ne devons plus nous en occuper, en imitant en cela la conduite généreuse des Souverains qui l'ont abattu : *parcere subjectis.*

Je livre donc à l'impression ce Poème tel qu'il a été composé à l'époque de la plus grande gloire de Bonaparte (la campagne de 1809) ; et si je ne l'ai pas fait imprimer alors, c'est que d'abord je ne me trouvais pas dans des circonstances favorables, et puis c'est que la censure impériale s'y serait certainement opposée.

J'en adressai dans le tems un fragment à un

savant membre de l'institut, qui ne put le faire in-
sérer dans les journaux, à cause sur-tout de ces
vers, dans *le lendemain d'une bataille*.

> Et si tu peux, contemple sans effroi
> Des conquérans l'abominable ouvrage, etc.

Je gardai donc mon petit Poëme par-devers moi,
et il y serait toujours resté sans l'heureuse révolution qui vient de rendre à la pensée ses droits,
comme elle a rendu le repos et son Roi à ma
patrie.

DÉDICACE

A SOPHIE.

DE mes accens je t'adresse l'hommage,
Sophie, ô toi dont j'ai subi les lois;
Les chants d'amour sont toujours ton partage,
Et ta beauté sur la gloire a des droits.
Ces vers légers d'une Muse guerrière,
Sont un tribut digne de tes attraits;
A mes chansons tu n'es point étrangère,
Tu dois sourire à mes premiers succès,
Car tu connais ma devise chérie :
Tout à la gloire et tout à mon amie.

LES
LOISIRS
D'UN MILITAIRE
PENDANT
LA CAMPAGNE DE 1809.

> On vit toujours d'intelligence :
> L'amour, la gloire et les Français.
> *Florian.*

LES ADIEUX.

Quel bruit affreux ! quel horrible fracas
A retenti sous mon toit solitaire !
Il est donc vrai, le signal des combats
Annonce encor des malheurs à la terre.
L'ambition dans ses projets nouveaux,
Ivre de sang, avide de conquêtes,
Du continent va troubler le repos,
Et les combats seront encor ses fêtes.
Quoiqu'il en soit de ces longues tempêtes,
Français, marchons à de nouveaux exploits ;
Marchons, la gloire encore nous appelle ;
Suivons, amis, notre guide fidèle,
Et combattons pour la dernière fois.

O toi, qu'hymen, d'une chaîne éternelle
Vient d'attacher à mes destins charmans,
Toi, de mes jours souveraine immortelle,
O ma Sophie, appaise tes tourmens;
Cache les pleurs qui baignent ton visage,
N'ajoute point tes maux à mes douleurs,
J'ai bien assez du poids de mes malheurs.
Adieu : bientôt pour t'aimer davantage,
Payé par toi du plus tendre retour,
Tu me verras ramené par l'amour,
Et pour toujours habiter ton rivage.

Et toi, l'objet de mes plus doux loisirs,
Heureux enfant d'une mère adorable,
Mon cher Eugène, adieu.... : de mes plaisirs
Je vois s'enfuir l'illusion aimable :
Tu dors, ami; dans un songe innocent
Tu crois encor jouir de ma présence;
Tu crois m'entendre, et ton bras caressant,
Pour m'embrasser, s'arrondit et s'avance :
Dors, mon enfant, dans le sein du sommeil,
Goûtes du moins le plus charmant délire,
Et que ta mère, au moment du reveil,
En me nommant, te voie lui sourire.

Tendre famille, à qui je suis lié
Par les devoirs, l'amour et l'amitié;
Double trésor dont s'embellit ma vie,
Quand loin de vous, sur les pas du dieu Mars,
Je vais courir à de nouveaux hasards,
Par le bonheur soyez toujours unie;
Vivez en paix, et vers moi chaque jour

Dans

Dans les combats portez votre pensée,
Si toutefois l'innocence et l'amour
Peuvent fixer Bellone courroucée.

LE BIVAC.

Il est minuit : de sa douce lumière
La lune au loin colore les coteaux ;
Au tour de moi, dans la nature entière,
En ce moment tout goûte le repos ;
Et dans ces champs qu'a dévastés Bellone,
Près de ces feux dont s'éclaire la nuit,
Le fier soldat que le sommeil poursuit,
Sur le gazon au repos s'abandonne.
Parmi ces chars et ces foudres d'airain,
Sur cet amas de menaçantes armes
Je vois Morphée, il sème à pleine main
De ses pavots le nuage divin,
Et le sommeil est ici sans alarmes.
Tout dort : moi seul, éveillé par l'amour,
Dis à la nuit le nom de mon amie ;
Moi seul debout, j'attends le nouveau jour
Pour lui parler de ma flamme chérie.

Dieux ! quels accens prolongés dans ces lieux
Viennent frapper mon oreille attentive !
Quels sons charmans ! quels chants délicieux !
Ce sont les chants d'une amante plaintive ;
C'est Philomèle, aux échos de ces bords,
Ainsi que moi, racontant sa souffrance,
Et la nature, écoutant en silence,
Semble se plaire à ses tendres accords.

Cesse tes chants, amante infortunée,
Cesse tes chants d'un trop fidèle amour;
Aux cris de Mars la plaine abandonnée,
Ces beaux coteaux, ce tranquille séjour,
Vont retentir des sons de la trompette
Et du clairon aux fatiguans éclats.
Loin de ces lieux, fuis, amante inquiète,
Vole au bocage, où, comme toi discrette,
Pleurant l'époux échappé de ses bras,
Sophie aux bois raconte aussi sa peine,
Et me nommant à l'écho de la plaine,
Ainsi que toi pleure et gémit tout bas.

  Mais l'orient des couleurs de l'aurore,
A l'horison lentement se colore;
Je vois pâlir l'étoile du matin ,
Et tout annonce un jour pur et serein.
Qu'un si beau jour, tout entier pour la gloire,
Couvre ces champs de moissons de lauriers;
Qu'il vienne et montre à nos jeunes guerriers
L'heureux chemin qui mène à la victoire,
Mais que la paix dans ces lieux de retour,
De douces fleurs couvre la fin du jour.

LA MARCHE.

  LE jour paraît : les bergers d'alentour
Ne mènent plus leurs troupeaux au bocage,
Et la bergère, en dansant sous l'ombrage,
Ne chante plus le printems et l'amour;
Io s'enfuit : le taureau solitaire
Ne bondit plus dans les vallons fleuris,

Et plein d'effroi, dans sa triste chaumière,
Le laboureur dérobe ses ennuis.
Triste matin ! pour ces belles contrées,
D'un jour de deuil il est le précurseur ;
Mars foulera d'un pied dévastateur
Le frais bocage et les moissons dorées.

Comme un orage entassé sur les monts,
Grossit, s'avance et s'étend dans la plaine ;
De nos guerriers les nombreux bataillons
Forment entre eux une invincible chaîne ;
Elle s'alonge, elle embrasse à la fois
Et les coteaux, et les champs, et les bois,
En conquérans, fièrement ils s'avancent,
A la victoire on dirait qu'ils s'élancent,
Et sous leurs pieds qui pressent les sillons,
S'amoncelant en larges tourbillons,
Dans l'air s'élève une noble poussière :
Leur front est haut, leur démarche est altière ;
Leurs rangs pressés, qu'affermit la valeur,
Sont hérissés d'armes étincelantes.
Les rayons purs d'un soleil plein d'ardeur,
En éclairant ces colonnes mouvantes,
Semblent de loin offrir à mes regards
Des diamans élevés en remparts.
Par fois, des flancs de ce corps redoutable,
La foudre éclate, et parcourt en grondant,
Des ennemis le front inabordable.
Tout fuit, tout cède à cet affreux torrent :
Sur les coteaux, dans le fond du bocage,
Le feu, le fer, la mort et le carnage

Ont remplacé les trésors de Cérès.
Près d'un village on arrive, on s'arrête ;
Pour l'attaquer déjà la foudre est prête ;
Mais l'ennemi, faible de nos succès,
Fuit et nous ouvre un facile passage.

Nobles guerriers, magnanimes Français,
Ah ! par pitié, ménagez ce village ;
Que vous ont fait ces débiles vieillards,
Et ces enfans, et ces femmes tremblantes ?
Dans ce moment ils n'ont d'autres remparts,
D'autre soutien que vos armes puissantes ;
Protégez-les.... : ô charme des vertus !
De la valeur, glorieux apanage !
Par nos guerriers, rassurés, défendus,
Ces lieux n'ont point à craindre de ravage.
Le laboureur a retrouvé ses champs ;
Dans le vallon la gentille bergère
Conduit encor ses moutons bondissans ;
Près des ruisseaux, à l'onde pure et claire,
Io revoit les taureaux mugissans,
Et du hameau les timides enfans
Dansent toujours sur la même fougère.

Ainsi finit un jour que les combats
Semblaient marquer pour un affreux carnage.
Dans ces vallons échappés à l'orage,
Reposez-vous, intrépides soldats ;
Demain, peut-être, éveillés par la gloire,
Vous repandrez votre sang généreux ;
Demain.... ô Ciel, que ce jour de victoire
Donne la paix aux mortels malheureux !

LE SÉJOUR.

DE nos soldats la marche est suspendue ;
Ce jour pour Mars est un jour de repos,
Et dans les champs, autour de ses drapeaux,
Sur les gazons l'armée est répandue.
  Que ce jour soit un hommage à l'amour,
Et tout entier pour ma fidèle amie ;
Je veux apprendre aux échos d'alentour,
Son nom, ma flamme et sa beauté chérie.
Dans ce moment, où, du haut des coteaux,
Parmi les fleurs je vois naître l'aurore,
Tu dors sans doute, ô femme que j'adore !
Tu dors ; un songe, entr'ouvrant tes rideaux,
De ses erreurs caresse ta pensée :
Bonheur d'amour, félicité passée,
De mon épouse occupez le sommeil ;
Charmez la nuit ses douleurs, sa souffrance,
Et qu'au matin la flatteuse espérance
Vienne en riant embellir son reveil.
Oh ! qu'ils sont loin ces jours de notre ivresse,
Ces jours si beaux qu'amour filait pour nous !
Tu me voyais, et tu m'aimais sans cesse ; .
Je t'adorais, et nous n'étions jaloux
Que de nous voir, nous aimer davantage ;
Tous mes soupirs, mes désirs, tous mes vœux,
Je t'en faisais chaque jour un hommage,
Et je lisais chaque jour dans tes yeux,
Du même amour l'assurance et le gage.
Dieux ! qu'ils sont loin ces jours délicieux !

Douleurs, plaisirs, espoir, craintes, alarmes,
Entre nous deux tout était partagé.
Si tu pleurais, je répandais des larmes ;
De ton bonheur je faisais tous mes charmes :
Si de mon cœur, un instant affligé,
De longs soupirs s'échappaient avec peine,
Je te voyais, et j'étais soulagé.
O ! de mon ame aimable souveraine,
Que ce bonheur a duré peu de tems !
Le même toit n'a caché que trois ans
Tant de constance et des ardeurs si belles.
    Dans le bocage, au matin du printems,
Vivent ainsi les colombes fidèles :
Mais qu'ils sont loin ces jours délicieux !
Sophie, hélas ! sur l'aile des mensonges,
Ils ont passé, comme passent les songes,
Et n'ont laissé dans mon cœur malheureux
Que des regrets tristes et douloureux.
    Ah ! revenez, jours brillans de ma vie,
Jours fortunés qu'amour et ses loisirs
Avaient unis aux jours de mon amie ;
Près d'elle encore, enflammé de désirs,
Déjà mon cœur et s'envole et s'élance ;
Près d'elle encor, dans le sein des plaisirs,
S'embellira mon heureuse existence :
O doux momens ! momens voluptueux !
Je reverrai le rivage amoureux
Où j'ai laissé toute mon espérance ;
Je le verrai : belle de ses appas,
Ivre d'amour, de plaisir rayonnante,

Vers son ami, de loin tendant les bras,
S'avancera mon épouse charmante ;
Dans son souris, dans son regard d'amour,
Je trouverai la fin de ma souffrance ;
Les doux baisers, les baisers du retour
Nous uniront bien mieux après l'absence ;
Et nous dirons, au comble de nos vœux :
Beaux jours d'amour, beaux jours de notre vie,
De mille fleurs enchaînez-nous tous deux ;
Et quand au sein de ma chère patrie
La paix viendra relever ses autels,
Beaux jours d'amour, doux charmes des mortels,
Durez autant que dure notre vie.

LE PASSAGE D'UN FLEUVE.

Vers les vallons qu'il arrose et féconde,
Serpente un fleuve, et son cours orgueilleux,
Dans les détours d'une rive profonde,
Arrête un jour nos pas victorieux ;
De sa largeur, de sa surface immense,
Nos ennemis se sont fait un rempart ;
Faible ressource, inutile défense
Que vont détruire et la valeur et l'art.

Déjà d'un pont les pièces désunies
Sur le rivage arrivent à la fois,
Pour le fixer, et le fer et le bois
Sont préparés par des mains aguerries.
Mars, cependant, de cent foudres d'airain,
Durant la nuit, a couvert le rivage ;
Tout se prépare, et l'aurore demain
Verra donner le signal du passage.

Un voile épais, de propices brouillards
Couvrent le front de la nuit qui s'avance,
Et nos guerriers auprès du fleuve épars,
A le franchir s'apprêtent en silence.
L'heure a sonné : de l'airain embrasé
Le boulet part : aussi prompt que la foudre,
Il siffle, atteint, frappe et réduit en poudre
Tout ce qui s'offre au rivage opposé.
A cette attaque et soudaine et terrible
A répondu l'ennemi valeureux ;
Et dans les airs, par un mélange horrible,
Des deux côtés s'entrecroisent les feux.

Dans un nuage élevé sur nos têtes,
Parmi les feux d'un jour brûlé d'ardeur,
L'orage, enfant des affreuses tempêtes,
Ne gronde pas avec plus de fureur.
Aimable écho de ces rives fleuries,
Qui ne disais hier que les chansons
Et les soupirs des bergères chéries ;
Écho d'amour, charme de ces vallons,
Tu ne dis plus sous ce lugubre ombrage,
Que des longs cris de mort et de carnage ;
Ah ! cache-toi dans le fond des forêts,
Fuis de ces lieux que Bellone ravage ;
Écho d'amour ne doit dire au bocage
Que des accens de bonheur et de paix.

Déjà sur l'onde, à nos yeux satisfaits,
Le pont s'allonge, il se forme, il s'appuie ;
Quand tout-à-coup mille feux, mille traits
Des travailleurs suspendent les succès.

On voit par fois une abondante pluie,
Qui dans les champs surprend les moissonneurs ;
Pour un moment s'affaiblit leur courage ;
Mais reprenant de nouvelles ardeurs,
Ils ont bientôt terminé leur ouvrage.

Ainsi, du pont les travaux commencés
Avec ardeur s'augmentent, se poursuivent,
Et nos soldats en bataillons pressés,
Pour le passer de tous côtés arrivent.

Vers le rivage où les flots moins serrés,
Plus lentement s'échappent dans la plaine,
Sur des coursiers que la valeur entraîne,
De fiers soldats au combat préparés,
Traversent l'onde et cherchent l'autre rive.
Spectacle affreux ! parmi ces flots sanglans
Je vois nager mille et mille combattans ;
Du fond de l'eau j'entends la voix plaintive
Des malheureux qu'emportent les torrens :
Hommes, chevaux, armes de toute sorte,
Morts et mourans sur l'onde abandonnés,
Et surnageant le flot qui les emporte,
Sont vers les mers pêle et mêle entraînés.
Dans les roseaux, interdites, tremblantes,
Vont se cacher les Nymphes gémissantes ;
Et sur son urne appuyé tristement,
Le Dieu du fleuve en sa douleur amère,
Voit à regret son onde pure et claire
Se transformer en longs ruisseaux de sang.

A l'autre bord cependant on arrive ;
L'ennemi fuit, et sa marche hâtive

A nos guerriers permet pour un moment
De reposer sur leur fer triomphant.

Repose aussi sous ce triste feuillage,
Muse, tes chants ont fatigué mon cœur;
Autour de moi les hôtes du bocage
N'osent chanter dans ces lieux de douleur;
Ne chantons plus, Muse, et de ce rivage,
Éloignons-nous pour n'y venir jamais.
Vers des coteaux échappés à l'orage,
Allons chercher et respirer la paix :
C'est là qu'assis près d'une source pure,
Sur des gazons qu'embellit le printems,
Seul avec toi, Sophie et la nature,
Je puis encor trouver d'heureux momens.

PROMENADE. — RÉFLEXIONS.

A Eugène.

Aimable enfant d'une mère charmante,
Mon jeune ami, je t'adresse ces chants;
Fruit passager d'une Muse ambulante,
Ils sont à toi, puisqu'ils sont plus rians.
Dans un vallon tranquille, solitaire,
Loin du fracas, des fureurs de la guerre,
Je puis un jour, t'appelant près de moi,
Parmi ces fleurs folâtrer avec toi.
Hélas ! ami, tu ne sais pas encore
Combien de Mars les lauriers sont sanglans;
Quand il aura vu briller son printems,
Fasse le Ciel que mon ami l'ignore !

Trop de dangers et d'aveugles hasards
Font de nos jours l'apanage de Mars.
Tous ces lauriers que dispense la gloire,
Tous ces succès, ce beau nom de vainqueur
Flattent l'orgueil, et jamais le bonheur
Ne s'est assis au char de la victoire.
Ici, sur l'herbe, à l'ombrage des bois,
Seul, et toujours occupé de ta mère,
En t'écrivant, je me sens mille fois
Plus fortuné qu'aucun Roi de la terre.
Ne pense pas, cependant, que l'amour
A mes devoirs me rencontre infidèle;
Je me dois tout à la gloire en ce jour,
Et s'il le faut, je périrai pour elle.
Mais le devoir, la patrie et l'honneur,
Avec l'amour d'heureuse intelligence,
Peuvent ici se partager mon cœur,
Et je suis fier de leur noble alliance.
Viens près de moi, mon jeune et bel ami,
Viens, j'ai besoin de ton tendre sourire:
De ta maman l'aimable et doux empire,
Ne rend mon cœur fortuné qu'à demi;
Pour le remplir d'une éternelle ivresse,
Depuis long-tems j'ai besoin de vous deux:
Non, mon ami, je ne puis être heureux
Que du bonheur d'une double tendresse.

  Sur cet ormeau qui couronne mon front,
De ces oiseaux écoute le ramage;
Ils sont heureux : sur le même branchage,
Au même nid réunis, comme ils sont,

Qui peut troubler cette union si chère ?
Mon jeune ami, jadis près de ta mère,
A tes côtés lié d'un double amour,
Je savourais félicité semblable,
Et tous les trois nous faisions tour à tour
De nos beaux jours le charme inexprimable.

    Tendre amitié, délices des bons cœurs,
Plaisirs d'amour, doux souris de l'enfance,
Dans le repos, au sein de l'innocence,
Je jouissais de toutes vos faveurs ;
Mais le malheur touche au bonheur extrême ;
Un jour viendra, tu l'apprendras toi-même ;
Tout est mêlé de peines et de pleurs.
Comme un beau jour n'est jamais sans nuage,
N'ai-je pas vu, mon ami, ton bel âge
Lui-même en proie aux cuisantes douleurs ?
O souvenir dont mon cœur se déchire !
J'ai vu tes yeux qu'égarait le délire,
Fixés sur moi, ne me connaître pas ;
J'ai vu ta mère à ton lit gémissante,
Baignant de pleurs ta tête languissante,
Presque mourant te serrer dans ses bras :
Tout est mêlé de peines ici bas.

    Mais un Dieu juste, un Dieu plein de clémence,
Un Dieu qu'un jour, ami, tu béniras,
Aux malheureux a laissé l'espérance ;
Il a mis fin aux maux que tu souffrais :
Tes jours brillans, sauvés par ses bienfaits,
Ont de Sophie adouci les alarmes,
Et dans mon cœur ont répandu des charmes.

Tel un beau lis, au milieu des bosquets,
Frappé, courbé sous le poids de l'orage,
S'élève, brille et reprend ses attraits
Aux feux du jour qui renaît au bocage.
Ce juste Dieu, qu'au milieu de ses maux
L'infortuné jamais en vain n'implore,
Rendra bientôt au monde le repos,
Et ton ami pourra bientôt encore,
Près de ta mère, oubliant ses malheurs,
Sur ton berceau jeter toujours des fleurs.

UNE BATAILLE.

L'air retentit du signal des combats;
Sur deux longs rangs la foudre est allumée,
Et du milieu d'une épaisse fumée
Jaillit l'éclair précurseur du trépas.
Dès le matin, en bataillons formée,
Couvrant les champs qu'elle avait dévastés,
Le fer en main, à pas précipités,
Front contre front marche une double armée;
Ses larges flancs, dans la plaine étendus,
Sont appuyés par ces légers tonnerres,
Qui, dans les airs, sur des chars suspendus,
Volent au loin, et de mille manières
Lancent la mort dans les rangs éperdus.
Dieux! quel massacre, et quelle affreuse rage
Des combattans balancent le courage!
Sous un seul coup de ces foudres d'airain,
Des rangs entiers tombent, jonchent la terre;
D'autres guerriers les remplacent soudain,

Un second coup les réduit en poussière.
Sur des monceaux de corps défigurés,
Parmi des chairs, des membres déchirés,
Et dans les flots du sang qui l'environne,
De loin s'avance une immense colonne;
Elle s'arrête; un moment de terreur,
Un doux instinct l'emporte sur la gloire;
Mais elle entend la voix de la valeur,
Et cette voix la pousse à la victoire.

 Au long fracas des canons enflammés,
Au même instant se mêle, s'associe
Le bruit voisin de la mousquèterie;
Cent mille feux aussitôt allumés,
Des deux côtés ont doublé le carnage;
On se rapproche, et le plomb foudroyant,
Comme la grêle au milieu de l'orage,
Siffle, et répand la mort de rang en rang.

 Arrêtez-vous, barbares que vous êtes,
Faibles humains dont les jours sont si courts:
Au fond des bois, dans leurs sombres retraites,
Les loups cruels, les féroces vautours,
Entre eux jamais se sont-ils fait la guerre?
Ils sont unis dans le même danger;
Et vous mortels, que la raison éclaire,
Votre bonheur est de vous égorger....!
Cessez, cessez cette fureur guerrière.

 Mais, Ciel! où vont ces rapides coursiers
Que Mars aussi de sa fureur enflamme?
Précipités par mille autres guerriers,
Bravant sous eux et le fer et la flamme,

Ils sont lancés au sein des bataillons ;
Trois fois heurtant leur quadruple barrière,
Ils sont trois fois repoussés en arrière,
Et de nouveau franchissant les sillons,
Vers le combat portés avec furie,
Ils ont rompu la phalange ennemie,
Et sous leurs pieds le sang à gros bouillons
De toutes parts coule, inonde la plaine.
Sous ces coursiers voyez-vous renversés
Ces malheureux dont les membres froissés,
Vers leurs vainqueurs s'élèvent avec peine ;
Leur voix mourante appelle du secours ;
Vaine demande ! inutile espérance !
A la pitié ces tristes lieux sont sourds :
D'autres coursiers que la terreur dévance,
Viennent de loin, courent à pas pressé,
Passent sur eux, et *les cris ont cessé....*

 Près d'un ami de sa première enfance,
Dans les combats à ses destins lié,
Pour son pays, dans ce jour de carnage,
Valsein, de Mars faisait l'apprentissage ;
Sa devise est : *La gloire et l'amitié.*
Heureux enfant ! à peine à son aurore,
Des vieux guerriers son ame a la valeur ;
Son jeune front qu'embellit la pudeur,
Sous les lauriers est plus brillant encore.

 Tel autrefois Nisus, le beau Nisus,
Près d'Euriale, enflammé par la gloire,
Fort de valeur et riche de vertus,
Aux champs latins allait à la victoire.

Dans le combat, sous les mêmes drapeaux,
Ces deux amis disputaient de courage ;
Tous deux, bravant mille dangers nouveaux,
Comme deux rocs, au milieu de l'orage,
Portaient leur front couronné d'un laurier.
Mais, ô douleur ! ô fatale journée !
Valsein, atteint par un plomb meurtrier,
Va terminer sa noble destinée.
A son ami qui le couvre de pleurs,
En soupirant, il tend sa main sanglante :
Ami, dit-il, d'une voix expirante,
Je meurs ; hélas ! de ma mère souffrante
Appaise un jour les trop justes douleurs ;
De ses vieux ans j'eusse été l'espérance ;
J'aurais aimé, de soins consolateurs,
Payer les soins qu'elle eut de mon enfance ;
Près d'elle, hélas ! va tenir lieu de moi :
Qu'heureuse encore, heureuse, ami, par toi,
En te voyant, elle aime l'existence ;
A son bonheur livre-toi tout entier.... ;
Mon cœur, ami, ne bat plus qu'avec peine,
De mes soupirs porte lui le dernier,
Dis-lui.... grand Dieu, quelle effrayante scène !
Pour s'embrasser leurs bras s'étaient serrés ;
Un boulet vient, disperse dans la plaine
Des deux amis les membres déchirés.....

Mais quel fracas au centre des armées !
Quel long carnage y suspend le succès !
Ivres de sang, de fureur enflammées,
L'une sur l'autre accourt, et de leurs traits

L'air

L'air retentit, la plaine au loin se couvre ;
Combat cruel ! dans un mélange affreux,
Des deux côtés les soldats furieux
Sèment la mort. O destin malheureux !
Le même abîme à leurs pieds qui s'entr'ouvre,
Dans un instant engloutit à la fois,
Et les vaincus et les vainqueurs terribles.
De ces mortels, ennemis irascibles,
Le sang se mêle, et leurs plaintives voix,
Tristes accens, les derniers de leur vie,
Forment au loin de lugubres accords ;
L'air en gémit, la plaine en est remplie,
Et la mort vient sur ces funestes bords,
Confondre, unir sous la même poussière,
Les malheureux qu'a divisés la guerre.

Ainsi finit ce jour que les vainqueurs
Ont décoré du beau nom de victoire :
L'humanité, dans sa plaintive histoire,
L'a déjà mis au rang de ses malheurs.
Mais puisse-t-il offrir à ma patrie,
A mon Eugène, à ma fidèle amie,
Un long repos, la paix et ses douceurs.

LE CHAMP DE BATAILLE,

A EUGÈNE,

Ami, suis-moi, sur ce champ de carnage
Viens un instant, viens rêver avec moi,
Et si tu peux, contemple sans effroi
Des conquérans l'abominable ouvrage :

Mais quoi, déjà tu trembles, tu frémis !
Ah ! ton effroi, grands Dieux ! est bien permis ;
N'importe ; il faut au bien de ton jeune âge
Connaître ici leur pouvoir inhumain ;
Pour nous donner à tous deux du courage,
Mon jeune ami, tenons-nous par la main.
    Le voilà donc cet horrible théâtre,
Où Mars hier offrit ses jeux sanglans ?
Ah ! si jamais au rang de ses enfans,
De gloire, un jour, tu deviens idolâtre,
Rappelle-toi le tableau douloureux
Que dans ces vers je déroule à tes yeux. (1)
Dieux, quel aspect lugubre, sanguinaire !
Tiens, vois, ami, ces champs où les moissons
Couvraient hier de fertiles vallons ;
De tous ces biens dont s'enrichit la terre,
Rien n'est resté : l'impitoyable guerre
Dans un instant a détruit ces trésors ;
Et l'habitant de ces funestes bords,
Pâle, courbé, desséché de misère,
Sous les débris de sa pauvre chaumière,
Mourra de faim, lui, sa femme et ses fils.
Mais avançons : Sur ces coteaux flétris,
Dans cette plaine en un jour dévastée,
Où la terreur règne de toutes parts,
Contemple, vois ces cadavres épars ;
De tout leur sang la terre est humectée :

_____

(1) Ainsi, LOUIS XV, à Fontenoi, conduisit le Dauphin sur le champ de bataille.

Vois-tu ces chairs, ces lambeaux déchirés,
Autour de nous dispersés par la foudre ?
A tant de maux par ses mains préparés,
Ah ! comment l'homme a-t-il pu se résoudre ?
    Vois ce guerrier, tout mort qu'il est ici,
La rage encor se peint sur son visage :
De celui-là, le front calme, adouci,
Annonce au moins un plus noble courage.
    Sous leurs chevaux frappés des mêmes coups,
Mille guerriers roulés dans la poussière,
Ont conservé l'attitude guerrière,
Ce fier aspect dont Mars est si jaloux.
De ce jeune homme étendu devant nous,
Regarde, vois comme les traits sont doux !
Trop cher enfant, à son heure dernière,
Sans doute, hélas ! il pensait à sa mère.
    On vit jadis, aux champs de Malplaquet,
Deux jours après son funeste carnage,
Parmi les morts sous lesquels il gissait,
Danoy mourant à la fleur de son âge ;
Mais plus heureux, il vit sauver ses jours
Par une femme, une seconde mère ;
De sa nourrice aussi tendre que chère,
Près du trépas il obtint des secours :
Deux jours, deux nuits, inquiète, agitée,
Elle parcourt la plaine ensanglantée,
Demande aux Dieux l'objet de son amour.
Sa voix l'appelle et puis l'appelle encore ;
Mais les échos de ce triste séjour
Ne disent point le beau nom qu'elle adore.

Parmi les morts elle porte ses pas ;
Baigné de pleurs son œil les considère,
Et tout couverts de sang et de poussière,
Ils sont chacun soulevés dans ses bras.

Moment de joie aussi douce que pure !
O de son ame indicible bonheur !
Elle le trouve, et touchant sa blessure,
Sa main encor sent palpiter son cœur.
Un doux baiser à la vie le rappelle ;
Des soins touchans lui rendent la santé,
Et ce guerrier qu'elle avait allaité
Revoit le jour et vit encor par elle. (1)

Mais de corbeaux quel sombre et noir essaim
En croassant s'élève sur ma tête ?
Hélas ! ami, d'un horrible festin
Pour eux la guerre a préparé la fête ;
Par le carnage en foule ramassés,
Du haut des airs ils expriment leur joie ;
Et dans ces lieux tous ensemble abaissés,
Sous nos regards ils dévorent leur proie :
Un calme affreux, un silence effrayant,
Autour de nous se prolonge et s'étend ;
C'est de la mort le funèbre silence
Que le bruit seul des corbeaux inhumains
Vient interrompre en ce désert immense.

Dieux ! quels soupirs étouffés, presqu'éteints,
Semblent sortir de ces buissons voisins !

---

(1) M. Danoy fut retiré par sa nourrice d'une foule de morts, à
Malplaquet, deux jours après la bataille.

Que vois-je ! ô Ciel ! quel jeune homme se traîne
Parmi des morts qu'il soulève avec peine !
Ah, malheureux ! dans ce champ du trépas,
Qui que tu sois, viens, je t'ouvre les bras ;
Dans cette plaine, et de ton sang trempée,
Pour une fois la mort s'est donc trompée ?
L'impitoyable, ô jour de cruauté !
Parmi les siens t'avait déjà compté.
De ta blessure, et cruelle et profonde,
Hélas ! je vois le sang qui coule encor.....
Tu n'as donc plus personne dans le monde
Pour compatir à ton malheureux sort,
Et les auteurs de ta longue souffrance,
En te frappant sur le bord du tombeau,
N'ont donc pas su, par un bienfait nouveau,
D'un dernier coup finir ton existence !
Ah ! sur sur un sol de carnage et de sang,
L'humanité, peut-elle avoir un temple ?
Viens.... mais quel homme en ces lieux, quel vivant,
Ainsi que moi, tristement les contemple ?
Il s'attendrit, il gémit en voyant
Ces beaux vallons changés en boucherie :
Serait-ce un ange ? ou descendu des Cieux,
Est-ce Dieu même au front majestueux ?
Il plaint des morts la fortune ennemie,
Et des mourans il ranime la vie.
D'un air ami, d'un accent de douceur
Il les rassure, et de ses mains puissantes
Il a fermé leurs blessures sanglantes.
    O d'Esculape, enfant consolateur,

Oui, sur ces lieux de douleur, de souffrance,
Ton seul aspect est lui-même un bienfait ;
Devant tes pas a marché l'espérance ;
Dans ton regard tendrement inquiet,
L'infortuné trouve de l'assurance ;
Et l'heureux fer qui brille dans tes mains,
Bien différent de ce fer sanguinaire
Dont s'arme Mars en sa rage guerrière,
Est destiné pour le bien des humains.
A tant de soins que prodigue ton ame :
Vainqueurs, vaincus, ici tout a des droits ;
D'un même amour pour tous elle s'enflamme ;
L'humanité ; tu n'as pas d'autres lois.

　Enfant des Dieux, oui, reçois mon hommage ; (1)
Quand dans le monde, au gré des rois cruels,
Tout se remplit de sang et de carnage,
Toi seul ici fais du bien aux mortels ;
Enfant des Dieux, oui, reçois mon hommage.

　Mais j'aperçois les tristes fossoyeurs,
De ce lieu sombre, ouvriers funéraires ;
De tous ces morts, ou vaincus, ou vainqueurs,
Ils vont ouvrir les demeures dernières ;
Sur leurs tombeaux, qui bientôt, pour toujours,
Se fermeront aux regards de la terre,
Jette avec moi, jette un peu de poussière,
Mon jeune ami, c'est le dernier secours

---

(1) *Medicus enim philosophus Deo æqualis habetur.*

　　　　　　　　Hipp., *de decenti habitu.*

Que dans le monde on doit à son semblable.
D'un long adieu, d'un adieu lamentable, ..
Accompagnons ces victimes du sort.
   Un tems viendra : l'impitoyable mort
Dans le tombeau nous poussera nous-même ;
Puissent alors des amis, des parens,
Un tendre fils, un être qui nous aime,
Nous soutenir à ces derniers momens !

SUSPENSION D'ARMES.

   IVRE de gloire et lassé de combats,
Le fier soldat repose sous ses armes ;
Mars adouci, de ces tristes climats
Pour un instant a banni les alarmes ;
Plus de carnage, au moins pendant deux jours :
D'un seul ruisseau, l'onde pure et tranquille,
Des deux côtés a rendu dans son cours
Des combattans la valeur inutile.
Les bras tendus de l'un à l'autre bord,
Mille guerriers, hier, remplis de rage,
Le verre en main et d'un commun accord,
Offrent d'avance à la paix leur hommage.
Noble repos des anciens chevaliers ;
Honneur, vertu, leur sublime apanage,
Vous revivez chez nos jeunes guerriers,
Et vous venez embellir leur courage.
   O doux espoir du bonheur des humains,
Premier signal d'une paix consolante,
Ne trompe plus, de grâce, notre attente,
Et fais sur nous briller des jours sereins ;

Mais quand les Rois, fatigués de la guerre,
Vont rendre enfin le repos à la terre,
Tandis qu'ils vont en présence des Dieux,
Jurer la paix dont a besoin le monde ;
Supplions-les qu'ils répandent sur eux
Dans ce moment leur sagesse profonde.
Et vous, soldats, qui de tant de lauriers
Avez couvert les champs de Germanie,
Si vous aimez à revoir les foyers
Où vous attend une mère chérie,
Si vous voulez, près d'elle satisfaits,
Revivre aux lieux témoins de votre enfance,
Priez aussi l'Éternel que la paix
Ne nous soit point une vaine espérance.
Mais du bonheur de leurs peuples contens,
Lorsque deux Rois vont augmenter leur gloire,
Aux bords du fleuve où s'étendent les camps,
L'amour aussi gagnait une victoire.

Brave, intrépide, et tout à la valeur,
Dans les dangers portant sa tête altière,
Le jeune Aimar au chemin de l'honneur,
D'un vrai Français poursuivait la carrière.
Dans ce lieu même, au penchant du coteau,
Que dans son cours le Danube partage,
Près de sa mère, au milieu du hameau,
Vivait Lucile : aussi belle que sage,
Elle inspirait aux bergers d'alentour
Peu d'espérance avec beaucoup d'amour.
Aimar la vit aux jours où la victoire
Dans ces vallons fixa deux mois ses pas ;

Jeune, charmant, tendre, couvert de gloire,
Il fut aimé. Lucile dans ses bras
Connut l'amour et perdit l'innocence....
Heureuse amante ! elle ne voyait pas
Que le devoir et le Dieu des combats
Sur ses plaisirs auraient la préférence ;
Et s'endormant dans le sein des amours,
Liant de fleurs le guerrier qu'elle adore,
De ses beaux bras le liant mieux encore,
Elle pensait le posséder toujours.
Mais rallumant le flambeau de la guerre,
D'un long repos, Mars, l'ennemi jaloux,
Vint arracher à des amours si doux
L'heureux vainqueur de la jeune bergère.
Baigné des pleurs d'une amante aux abois,
Aimar partit, en jurant par ses charmes
De revenir s'enchaîner sous ses lois.
Lucile en proie aux douleurs, aux alarmes,
Sentit bientôt dans son sein amoureux,
Naître le fruit d'une union chérie :
Loin des regards d'un monde curieux,
Pour son refuge une mère attendrie,
Dans la retraite elle donna le jour
Au bel enfant qui pour père eut l'amour.
Oui, lui disait cette sensible mère,
Aimar viendra ; noble fils de l'honneur,
Il t'aime autant qu'il aime la valeur ;
A ton enfant il viendra rendre un père :
Ma fille, au moins, du fruit de ton erreur
Tu n'auras point à rougir sur la terre.

Dix mois à peine avaient été comptés
Par cette amante et si tendre et si belle,
Qu'Aimar, brûlé de sa flamme éternelle,
Suivant de Mars les pas ensanglantés,
Vint dans ces lieux pour lui si pleins de charmes :
Près du Danube, appuyé sur ses armes,
Depuis deux jours il s'était reposé ;
Mais ses sermens, son ame, sa tendresse
Le transportaient au rivage opposé,
Et ses désirs le parcourant sans cesse,
Y demandaient son aimable maîtresse.
Un jour assis au penchant du coteau,
Triste et rêvant à sa chère Lucile,
Il aperçoit le solitaire ormeau,
De son amour jadis premier asile ;
Son cœur soupire, et de ses tristes yeux
Coulent des pleurs qu'il offre à son amie.
Mais, ô moment pour lui délicieux !
Il aperçoit du fond de la prairie,
Vers cet ormeau, marchant avec lenteur,
Une bergère, appuyant sur son cœur
Un jeune enfant que sa bouche caresse :
Un tel aspect le charme, l'intéresse ;
Dieux ! si c'était.... ô moment de bonheur !
O de l'amour délicieuse ivresse !
De sa Lucile il reconnaît les traits :
Lucile aussi de son amant français
A reconnu le port et le visage :
Un double cri part du double rivage ;
De ces amans de plaisir éperdus,

L'amour unit les deux ames brûlantes :
En souriant, à leurs bras étendus
Leur bel enfant joint ses mains innocentes.
De la nature attrait impérieux !
Paternité, noble présent des Cieux !
Ce jeune enfant, au souris de sa mère,
A son bonheur, a reconnu son père.

O vous, chargés de rendre à l'univers
Les jours heureux qu'avait détruits la guerre ;
Vous, les Césars et les Dieux de la terre,
Immolez-lui vos intérêts divers.
Et toi sur qui tout notre espoir se fonde,
Aimable paix, charme de tous les tems,
Des vrais trésors, source pure et féconde,
Donne demain, donne le calme au monde ;
Et rapprochant les deux rives de l'onde,
Viens rendre heureux ces fidèles amans.

LA PAIX.

Non, ce n'est point la foudre des combats
Qui par cent fois a tonné sur nos têtes :
Ce bruit des airs, ce signal du trépas
N'annoncent plus aujourd'hui que des fêtes,
Et le retour de nos braves soldats.
Fille des Dieux, que l'olivier couronne,
Astrée enfin au milieu des mortels,
Après des jours qu'ensanglanta Bellone,
Vient relever ses paisibles autels.

Entendez-vous ces hymnes éternels,
Ces chants d'amour autour de la déesse?

Parmi les flots du peuple qui s'empresse,
Dans nos remparts semés de mille fleurs,
La voyez-vous sur le char des vainqueurs ?

Telle, au retour de Zéphire et de Flore,
Après les jours des nébuleux hivers,
Du doux printems la bienfaisante aurore
A l'horison s'élève dans les airs.

Je te salue, ô déité chérie,
Heureuse paix, source de tous les biens :
Du feu sacré mon ame s'est remplie,
Quand tes regards sont tombés sur les miens.
Vierge céleste, ô reine de la terre,
Quand tu reçois les vœux de ses enfans,
Quand leur amour orne ton sanctuaire,
De tes bienfaits retentiront mes chants.

Dans les enfers, de terreur poursuivies,
Les bras encor rouges de sang humain,
J'ai vu rentrer les horribles furies.
De ses serpens se déchirant le sein,
L'œil égaré, des brandons à la main,
Poussant des cris, la discorde ennemie
Dans le tartare a revu sa patrie,
Et tous les maux qui composent sa cour,
Monstres affreux, pères de tous les crimes,
Sont avec elle aujourd'hui sans retour
Précipités dans les sombres abîmes.

Du fond des Cieux, que la paix a rouverts,
Baissant vers nous leur auguste paupière,
Voyez assis et sourire à la terre,
Les Dieux puissans, amis de l'univers.

Déjà moins fier, désarmé par les grâces,
Mars a repris sa place au rang des Dieux,
Et les amours, assemblés sur ses traces,
Ont couronné sont front victorieux.
Près de Vénus, plus tendre, moins sauvage,
Quittant son casque et ses armes d'airain,
Pallas repose, et se plaît à l'hommage
Qu'offre à la paix un jour pur et serein.

D'un si beau jour, mortels, goûtons les charmes,
Avec les Dieux partageons le repos;
Sur des malheurs pour nous toujours nouveaux,
Nous n'aurons plus à répandre des larmes.

Vieillards chéris, au bord de vos tombeaux
Consolez-vous; décorés par la gloire,
La paix ramène et rend à vos hameaux
Vos fils montés au char de la victoire.

Tendres enfans, du sein de vos berceaux,
Près d'une mère et tranquille et riante,
D'un doux souris, d'une main caressante,
Applaudissez à des bienfaits nouveaux :
D'un avenir, dont la paix est l'aurore,
Vos beaux destins s'embelliront encore.

O de la paix attraits consolateurs !
De son empire immortelles douceurs!
Sur tous les fronts la félicité brille;
Le monde entier n'est plus qu'une famille.
Tous les humains, aujourd'hui confondus,
Forment entr'eux une invincible chaîne;
D'un pôle à l'autre ils se sont entendus,
Et l'univers ne connaît plus de haine.

Dans nos cités qu'agrandissent les arts,
Sous mille bras que guide l'industrie,
Par des canaux ouverts de toutes parts,
Je vois couler les sources de la vie.
Sur les coteaux, fécondés par Cérès,
Le laboureur relève sa chaumière;
Les champs, les bois, ranimés par la paix,
Ont retrouvé leur beauté printannière;
Et sous un Ciel d'un éclatant azur,
Dans les torrens d'une vive lumière,
L'astre des jours, plus brillant et plus pur,
Semble jouir du bonheur qu'il éclaire.

    Mais de quels sons retentissent ces lieux?
Du haut des tours qu'au Souverain des Cieux
Consacre au loin la piété chrétienne,
L'airain sonore appelle les mortels.

    Peuple français, cette fête est la tienne;
Hâte tes pas, vole au pied des autels,
Incline toi, porte au Dieu de tes pères
Des cœurs unis l'encens et les prières;
Que de la paix les hymnes solemnels
De ton bonheur instruisent le Ciel même.
Momens d'ivresse! ô volupté suprême!
Spectacle cher à mon cœur attendri!
Ces chants, ces vœux, cette auguste harmonie,
Devant son Dieu le peuple réuni,
De l'orgue saint la longue mélodie,
Tout ce concert dont l'église est ravie,
Dit à la terre, au nom de ma patrie,
Que de la paix l'ouvrage est accompli.

Dans les transports d'une vive allégresse,
Le front paré des roses du printems,
Sur le gazon qu'orne la fleur des champs
Je vois courir une ardente jeunesse :
Dieu des amans, Dieu des simples hameaux,
Amour, aussi ce jour est ta conquête.
La paix t'invite à des plaisirs nouveaux,
Viens augmenter le charme de sa fête.

Belle à ses yeux d'innocence et d'amour,
Près du berger qui soupire pour elle,
Danse au bosquet la bergère fidèle ;
Jamais sa flamme eut-elle un plus beau jour ?
Ce jour marqué par la commune ivresse,
Vient la combler de l'espoir le plus doux,
Demain la paix, au gré de sa tendresse,
De son berger devra faire un époux.

Sous les regards des mères fortunées,
De ces enfans voyez l'essaim joyeux ;
Leurs faibles mains se tiennent enchaînées,
Puis à la danse ils s'essàient entr'eux ;
Leurs chants, leurs ris et leur gaîté volage,
Sont répétés par l'écho du bocage ;
Tandis qu'assis sous l'ormeau du village,
Le verre en main, les tranquilles vieillards
De nos guerriers racontent le courage,
Et sur les champs promenant leurs regards,
Pensent encor jouir de leur jeune âge.

Dans ce hameau qu'embellissent les jeux,
Est une épouse et fidèle et chérie,
Jeune, charmante, elle est à tous les yeux

De la tendresse une image accomplie,
Et l'ornement de ce simple séjour.
Trois beaux enfans, le tresor de sa vie,
Forment eux seuls toute sa compagnie,
Tout son orgueil, sa joie et son amour ;
Mais de ce jour où brille l'allégresse,
De cette fête elle a fui les plaisirs :
Un autre bien qu'appellent ses désirs,
Son jeune époux manquait à sa tendresse.
Depuis long-tems au milieu des combats,
Dans les dangers, cet enfant de la gloire
De nos Français avait suivi les pas,
Et partageait avec eux la victoire.
Parmi les siens, dans le sein du hameau,
De son retour on avait l'espérance :
Sa belle amie, au penchant du coteau,
Chaque matin, pleine d'impatience,
Venait l'attendre, et le déclin du jour
N'amenait point l'objet de son amour.
Triste, plaintive, et répandant des larmes,
Ses nuits n'étaient que des nuits de douleur ;
Et le reveil, augmentant ses alarmes,
Lui ramenait des longs jours de malheur.
Peut-être, hélas ! mes enfans, disait-elle,
Auprès de vous il ne reviendra plus ;
Tant de périls, la guerre si cruelle.... :
Mon Dieu, soutiens mes esprits abattus....!
Mais, ô fortune ! ô joie inespérée !
Dans cette fête à la paix consacrée,
Il revenait, cet époux tant aimé,

Vivre

Vivre au village, où pour lui d'hyménée
L'heureux flambeau fut jadis allumé.
Ivre d'amour, de roses couronnée,
De ses enfans marchant environnée,
Sa jeune épouse a volé sur ses pas ;
Ils sont unis..... Sur le cœur de leur mère,
De beaux enfans qu'il presse dans ses bras,
A son sourire ont reconnu leur père.
Tendre union ! coup-d'œil rempli d'appas !
Tableau charmant qu'a groupé la nature !
Dans les transports d'une volupté pure
La paix unit et confond sans retour
Ce qu'ont de beau l'innocence et l'amour.

   Et moi bientôt, ô ma chère Sophie,
A tes côtés retrouvant le bonheur,
Je reviendrai, ramené par mon cœur,
Me reposer des peines de la vie :
Au front d'Eugène appuyé sur ton sein,
Entrelassant et l'olive et la rose,
Sans nuls désirs, heureux de mon destin,
Quand de ses maux le monde enfin repose,
En t'embrassant, je dirai tour à tour :
Aimable paix, repos de ma patrie,
Tendre amitié, doux plaisirs de l'amour,
Durez autant que dure notre vie.

FIN.

ERRATA.

~~~~~~~~~~~~~~~~~~~~~~~~~~~~~~~~~

Page 13, ligne 28 : au lieu de *Désaut*, lisez *Desault.*

Page 19, ligne 19 : au lieu de *Vicdazir*, lisez *Vicq-d'azyr.*

Page 39, ligne 8 : au lieu de *ses soins*, lisez *ces soins.*

Page 45, ligne 4 : au lieu de *rauz*, lisez *ranz.*

Page 74, ligne 18 : au lieu de *Trasibulle*, lisez *Thrasybulle.*

Page 77, ligne 22 : au lieu de *lieutenant de Roi*, lisez *lieutenant du Roi.*

Page 89, ligne 28 : au lieu de *vous a sauvé*, lisez *vous a sauvés.*

Page 93, vers 10 : au lieu de *antique valeur*, lisez *utile valeur.*

Page 114, ligne 20 : au lieu de *Vincent de Paule*, lisez *Vincent de Paul.*